映画ノベライズ
Black
ブラック
Night
ナイト
Parade
パレード

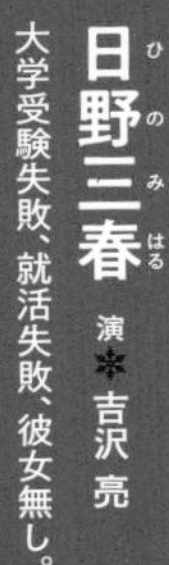

日野三春（ひのみはる）　演❄吉沢 亮

大学受験失敗、就活失敗、彼女無し。
コンビニでバイトしているところを
スカウトされ、
ブラックサンタとして働くことに。

クネヒト　演❄玉木 宏

三春が働くことになる
サンタクロースハウスの社長。
顔がない、謎多き人物。

アンカー

今野　敏

集英社文庫

北条志乃（ほうじょうしの） 演❄橋本環奈

三春の同僚。
天才的ハッキング能力の持ち主。

田中皇帝（たなかカイザー） 演❄中川大志

三春のコンビニ時代の
バイト仲間で宿敵。テンション
アゲアゲでとにかくチャラい。

古平鉄平（こひらてっぺい） 演❄渡邊圭祐

三春の同僚。
料理長として働きながら、
いくつも職を掛け持ちしている。

三春たちは子供たちに
幸せを届けることが出来るのか――!?

集英社オレンジ文庫

映画ノベライズ

ブラックナイトパレード

七　緒

原作／中村　光

脚本／鎌田哲生・福田雄一

本書は、映画「ブラックナイトパレード」の脚本（鎌田哲生・福田雄一）に基づき、書き下ろされています。

CONTENTS

プロローグ

――本当のクリスマスの話をしよう。


真っ黒な冬の夜空から、絶え間なく雪が降り注ぐ。

舞い散る雪を、街を彩るイルミネーションの光が照らした。きらめく明かりの下を、華やいだ顔の通行人たちが闊歩する。身を寄せ合って歩く恋人たちや、笑い合う友人たち、そして手を繋ぐ家族たち。赤い服と帽子をかぶった姿が通りには溢れ、まるで終わりのない行進のようだ。

十二月二十四日。

真夜中となり日付が変われば、十二月二十五日――クリスマスがやってくる。

クリスマスがどんなものかは、世界中で知られている。北の国から、トナカイの引くソリに乗ったサンタクロースがやってきて、一年良い子にしていた子供たちみんなに望むプレゼントを届けるのだ。

それは、誰もが知っている物語。

クリスマスには、良い子のところにだけ、赤い服を着たサンタが訪れてプレゼントをくれる。

「……だけじゃない」

イルミネーションの輝きも、人の笑い声も届かない暗い道を、一人の男が歩いていく。

薄く雪の積もった地面を、その黒いブーツが踏んだ。

「本当のクリスマスは……もっと公平だ。良い子のところはもちろん、悪い子のところにもサンタはやってくる」

雪の降る夜道には、男の声と足音だけが響く。

「そう……」

男のまとう、黒いコートの裾が雪風になびく。その片手には、巨大な袋。そして――――。

「……黒い服のサンタクロースが……」

尖った帽子をかぶったその下は、ぽっかりと空洞が広がり、顔がなかった。

一章
chapter 1

その夜、日野三春はバイト先のコンビニ――ポーソン練間北口店のバックヤードで、賞味期限の近くなった商品に、せっせと半額のシールを貼っていた。

その隣から、パンッと勢いよく両手を合わせる音が響く。

「ゴチに、なりまーす!!」

ちらりと目を向ければ、同じシフトに入っている同僚が、その半額シールが貼ってあるコンビニ弁当を堂々と食べようとしていた。

「カイザー君！　だから廃棄する弁当は食べちゃダメだって言ってるじゃん！」

三春が何度目かわからない注意をすると、その金髪の同僚は弁当を頬張りながら反論する。

「えー、だって捨てたら、あれじゃないっスかぁ～。地球的にヤッベェーって感じじゃないっスかー！」

「……お前何が言いたいの？」

相変わらず要領を得ない上に、絶妙に人を苛立たせる喋り方をする一つ年下の若者へ、三春はげんなりと言い返す。

このまったく仕事をしない同僚、田中皇帝と、気づけばまた今年も安っぽいサンタ帽子をかぶり、クリスマスのシフトに入ってしまっている。三春は深く溜息をつく。

「店長にバレたらクビだよ……？」

カイザーは口いっぱいに食べ物をつめこんだまま、もごもごと言った。

「店長だってそれあれですって、タテマエ的なやつ！」

「カイザー君、あのね……」

たしなめようとした三春の言葉を遮って、カイザーは逆に諭すような口調になる。

「やっぱ就活でも柔軟性が問われるっつーか。良い子が褒められるのって小学生までっスから！」

へらっと笑うと、その欠けた歯並びが覗いた。

「そんなんだから先輩はいつまでたっても就職できないんスよ！　ハハ！」

言うだけ言って「エビのしっぽ、うま～」と、カイザーはのんきに弁当を食べ続ける。

相手が一番触れられたくない部分を、ピンポイントに口にしてくるのがこのカイザーという男だ。三春は顔を引きつらせて笑った。

「……ハ、ハハ」

自分はなぜ、二十二歳のクリスマスの夜に、こんなどうしようもない同僚と一緒にコンビニでアルバイトをしているんだろうか……。

考えたくなくても、こんな時には必ず頭をよぎってしまう。

自分の人生、どうしてこんなことになってしまったんだろう、と――。

十九年前、三春が三歳の時に、配達ドライバーをしていた父親が事故で他界した。それからは母親が女手一つで、三春を育てた。際立った反抗期もなく、真面目に勉強もする『良い子』に育ったと、三春も自負していたが……。

（なのに……）

三春の脳裏に、高校三年の記憶が蘇ってくる。

周りが志望する大学にどんどん受かっていく中、三春は最後まで取り残され、そして結局滑り止めと思っていた大学すら、落ちた。

家のことを考えればもう一年浪人して受験する選択肢は選べなかった。心配する母に元々就職も考えていたように振る舞って、高卒で募集している求人を探した。

ここでも自分は、天に見放されているかのように失敗続きだった。リモートでの面接を、三春は苦々しく思い出す。

『日野三春と申します！　よろしくお願いします！』

緊張しながら向き合った画面には、数人の面接官が映っていた。

『えー御社の企業理念にあります、日本で一番お客様を大切にする企業という理念に感銘を受けまして、ぜひ、御社に就職させていただいて、お客様を大切にしたいと考えておりま……』

口を動かした半目の顔で、パソコン画面はフリーズした。画面の向こうの面接官たちは、仕方ないから次の子にと三春の履歴書を横に置いた。何社も挑戦したが、それからもことごとく失敗続きだ。

求人先から届くメールには全て『不採用』の文字が並んだ。

このポーソン練間北口店でアルバイトを始めたのは、あくまで就職先が決まるまで、と思ってだった。来週には、来月には、自分は本当に望む仕事に就いていると言い聞かせながら、気づけばフリーター生活も三年が過ぎていた。

「…………」

埃っぽい暖房の空気と、食べかけの弁当の匂いがこもった狭いバックヤードを見渡し、来年もここでこの同僚とクリスマスを過ごしている想像をして、三春はぞっとした。

「あっ、そーいや先輩」

三春が最後のケーキに半額シールを貼ろうとしていると、弁当を食べ終えたカイザーがさらりと告げた。

「俺、内定決まったんスよ！」

その言葉を耳にした瞬間、三春は雷に打たれたように固まった。

「え、なんて……？」

「内定っスよ、内定！　俺、就職するっス。今年でバイトもやめて……先輩？」

いつもの軽い調子で話していたカイザーは、そこでようやく三春の顔色に気づいた。尋ねられて、三春もまたはっと我に返る。

「……ちょ……お……おぉ、お祝いじゃーん！」

内心の動揺を押し殺し、三春はわざとテンションの高い声を上げた。手元にケーキがあることに気づき、カイザーにそれを見せる。

「そうだケーキ！　ケーキおごるよ！」

しかしカイザーはすげなく返した。

「あ、いらないっス。ていうか俺、上がっていいスか？」

「えっ？　まだ三〇分早いし、俺もメシ休憩入らないといけないから……」

その時、店に続く通路から、ひかえめな声がかけられた。

「カイザー君バイト終わった？」

顔を覗かせたのは、ふわりとマフラーを巻いた美少女だった。驚いて思わず椅子から立ち上がった三春の横で、カイザーはすでに帰り支度を終えている。

「ちょ、おま~外で待っとけっつったろ~~!」

「ごめん~」

目の前で交わされるやりとりに三春は絶句する。そんな三春などいないかのように、カイザーと現れた美少女は甘い空間を生み出す。

「安心しろって。プロミスした通り、最高のクリスマスの夜景、プレゼントしてやるから」

「うん……」

「………」

何一つ説明されなくても、その美少女が彼女なのは明白だった。立ち尽くしたままの三春を振り返って、カイザーは片手を上げる。

「つーことなんで先輩、お先っス!」

「……あ、あぁ、うん……後は俺に任せて、楽しんでこいよ~」

場が持たず、自分でも馬鹿(ばか)みたいにおどけたセリフが口をついた。

「え、大丈夫? あの人まだ帰らないみたいだけど……」

「バカ~、コンビニは二十四時間に決まってんだろ~」

小声で言う彼女を抱き寄せて、カイザーは三春にあの歯の欠けた笑顔を向ける。

「サーセン先輩! ほんとコイツ世間知らずっつーか!」

「でもでも、せっかくのクリスマスなのに……」

　三春の口からは、もはや力ない笑いしか出てこない。そんな三春に、カイザーはぐさりととどめを刺す。

「あのな～、先輩レベルの良い子になると、クリスマスもみんなのために働いてくださるの！　要は夜景よ！　夜景役やっててくださるの！」

　アハハハハ、サンキューでーす！　と楽しそうに、カイザーと美少女はコンビニを後にした。

「……ハ、ハハ……」

　一人残された三春は、今夜ほど強く思ったことはなかった。

　早く、就職、しないと。


　結局まともに休憩を取れないまま、三春は売り場へ戻ってくることになった。日付が変わる時刻が近づき、陳列棚のディスプレイから『イブ』の文字を取り外す。

（クリスマスケーキの廃棄、去年より増えたな……正直クリスマスもうオワコンだろ）

　クリスマス商品の並べてあった棚をチェックしながら、三春は胸の中で呪うように呟く。

（『クリスマスデート』って言葉からバブル臭がするぜ……）

そんなふうに腐しながらも、どうしたってさっき見た美少女の肩を抱くカイザーの姿が頭にちらついた。たまらず三春は、棚に向かって叫んだ。

「彼女あんなに可愛いのかよ！」

「びっくりしたぁッ！」

てっきり一人っきりだと思っていた店内には、深夜シフトの店長の姿があった。一体いつからそこに立っていたのか、じっとこっちを見ている。

「店長！　……すみません」

「私がお客様だったら、どうするつもりだ」

すみません、ともう一度謝って、三春は棚を示す。

「あの、廃棄ゴミ出したらもう上がるんで……」

「それと……」

三春の言葉を遮って、店長は険しい表情で手にしたものを見せた。

「君のカバンの上に、これが置いてあったけど？」

それは半額シールのついた、さっきカイザーに渡そうとしたクリスマスケーキだった。

三春は、あ……と口を開けた。

「その、それ後でレジ通そうと……カイザー君に……」

彼女の登場で、すっかりケーキのことを忘れていた。確かに自分の荷物の上に置きっぱなしにしていたと、三春は嫌な汗を浮かべて思い出す。

「……何だと?」

三春が謝罪もなく言い訳をしているように取った店長は、はっきりと叱責の語調へ変わった。

「あの、カイザーく……」

「おい。カイザー君のせいにするんじゃない」

近づいてきた店長は、有無を言わせない表情で、三春を見据える。

「廃棄の商品を食べたら……犯罪だ」

そう言って三春にケーキを押しつけると、はぁっとこれみよがしな溜息をついた。さらに執拗(しつよう)に、三春に聞こえるように溜息をついてバックヤードの方へ入っていく。廃棄のケーキを持ったまま、三春は売り場に立ち尽くした。

「………俺かよ」

一体誰に、そう吐き捨てたらいいのかわからなかった。

どうして、廃棄だからいいでしょとタダで弁当を食べたカイザーが叱られず、廃棄商品でもレジを通そうとしていた自分が、店長からあんな物言いをされねばならないのか。

三春は残りの廃棄商品を急いで棚から下げると、ゴミとしてまとめる。誰にも手に取られなかった、まだ今なら食べられる売り物を、袋に詰める。このゴミになる商品と、選ばれていった商品の差は何なのか。棚に置かれた位置が少し違ったから、選ぶ側の気分に合わなかったから。

そんな、ほんのわずかな差が、どこへ行きつくかを変えてしまう。

「………」

勤務時間を過ぎ、三春はロッカーで着替えをしてカバンを持つと、まとめたゴミとともに店を出る。お疲れ様でした、と店長にかけた挨拶は無視された。

外へ出ると、真冬の冷気に包まれた。雪はまだ止んでおらず、コンビニの明かりに照らされて細かな白い雪片が舞っているのが見える。底冷えした空気が、三春の襟元から吹き込んでくる。

(なんでだ？　マジでなんでだ？)

裏手のゴミ捨て場へ向かいながら、三春はさっきからずっと、自分の頭を駆け巡っている問いを胸の内に叫ぶ。

(俺は遅刻も早退もしたことねーし、勤務態度だって良かっただろ)

頭にかぶったサンタ帽子も脱ぎ忘れるほど、三春は自分の身に起こる理不尽さに憤っていた。

いつもそうだ。自分の方が、今いい目を見ている周りより、どう考えても『良い子』だったはずなのに。

「なんで……なんで俺だけが……」

最後のゴミを捨てようとして、三春はそこで手を止める。そこには、さっきの半額シールのクリスマスケーキが置かれていた。手に取って三春は、今夜の元凶のようなそのクリスマスケーキをじっと睨む。

『良い子が褒められるのって小学生までっスから！　アッハハハ～～』

ケーキの上に乗せられた、飾りのサンタまで、自分を馬鹿にしているような気がした。

「……っ」

三春は半額シールのケーキをカバンの中に突っ込んだ。形が崩れるのもかまわず、そのまま逃げるように走り出す。

遅い時間の夜道には、三春以外、誰の姿もないように見えた。

だが、駆け去っていく三春の背を、じっと見つめている者があった。

「フフ……悪い子見～っけ」

コンビニの青く光る看板に座って、黒い帽子に黒いコートを着た男は、笑みを滲ませた声で囁いた。

安アパートへ帰ってくると、集合ポストに突っ込まれていたのは不採用を知らせる封書だった。

「…………」

今回は手ごたえがあったと感じていた会社だったので、思わず家に入る時間も惜しく開封したが、期待した分その結果は堪えた。

三春は集合ポストの前で、深く溜息をつく。寒さでそれは、白くけぶった。

（……世界中から……不採用の通知をつきつけられるみたいだ）

せめてクリスマスの夜くらい、本当に欲しいものをくれたっていいのに。三春は募るばかりの惨めさに、ぐしゃりと通知書を握りしめた。

その時、冷えた夜気の中にふわりと食欲をそそる香りが漂ってきた。

何だろうかと顔を向けた時、アパートのすぐそばに、屋台が出ていた。昔ながらのたたずまいの屋台には、『ホルモン』と書かれた暖簾が掛けられている。

（ホルモン屋台……？　珍しいな）

三春は屋台へ近づいていった。暖簾に手を掛け、中を覗き込む。

「すみませーん」

「いらっしゃい。どうぞ」

屋台には、仕切りのついた角鍋いっぱいにモツが煮られていた。食欲をそそる湯気と伝わってくる温かさに、三春は冷えた体がほっとゆるんだ。ちょうどいい、家もすぐそこだし飲んでいこうと椅子に腰を下ろす。

「とりあえず、ビールで」

「はい。……おや、お兄さん、サンタ？」

そう店主に声をかけられて、三春はコンビニのサンタ帽子をかぶったままであることに気づいた。笑いながら帽子を脱ぐ。

「あ、いやバイトで……って、そちらも大変っすね」

視線を向けてようやく三春は、店主の風体をはっきりと見た。

店主の男は、ファーのついた三角の帽子をかぶっていた。エプロンの下の衣服も肩章のついた仰々しいコートで、色こそ黒だが、今夜その装いはサンタクロースを意識していないはずはないだろう。口元を覆ったスカーフの方は、衣装なのか防寒か判別しかねたが。

くぐもった声で店主の男は言う。

「いやあ別に。今日一番きついのは……赤い服のサンタクロースの方でしょう？」

「はは、確かに」

三春はかたわらに置いた赤い帽子を一瞥する。そして差し出されたビールを、ぐっと一息に呷った。

「おかわりください」

「ははは、いい飲みっぷりだ。何か、嫌なことでも？」

ビール瓶を差し出され、三春は手に持ったグラスを傾けた。

「ハハ……いや別に……」

三春は苦笑交じりに誤魔化した。またカイザーや店長のことを思い出しそうになり、話題を変えるように話を振った。

「そういえば、なんで黒いんですか？　サンタ服」

赤い衣装ならこの時期、どこでも簡単に手に入る。それなのに、わざわざ黒いサンタの衣装を揃えたのなら、何か意味があるのだろう。

「あれ……お客さん、ご存じないですか？」

男はビール瓶を置きながら、語り始める。

「元々クリスマスには、必ず二人のサンタが来るんだよ。良い子のところに赤いサンタが、悪い子のところに黒いサンタが」

話しながら、モツをよそう。動くと、チャリ……とその手首で金属の音が鳴った。よく見れば男の両手は、長い鎖で繋がれていた。それも、黒い衣装に合わせたファッションなのだろうか……？

「へぇ……黒いサンタは何するんですか？」

ビールを飲み、三春は質問する。

「悪い子には石炭や……臓物のプレゼントを」

店主は三春の前に、ホルモン煮の入った皿を置いた。

「臓物……？」

三春は怪訝とする。悪い子とはいえ、とても子供へのプレゼントとは思えないラインナップだ。店主は、淡々と告げる。

「もっと悪い子には……鞭」

「いや虐待じゃん」

三春は一笑して突っ込んだ。そうやって冗談のように笑い飛ばさなければ、何かよくないことが起こりそうな雰囲気が漂っていた。寒さだけのせいではなく、背筋がうっすらと冷えていく。

男の声が、夢の中にいるように不気味に響く。

「もっと、もーっと悪い子には……」

その時、三春の肩に何か濡れたものがぽたぽたと落ちてきた。

「う、うわぁええ!?　何!?」

自分の体に、べったりと透明なものがついていた。雨にしてはぬるりとして、妙に生温かい……。

三春は椅子から立ち上がり、屋台の屋根を見上げた。

「!?」

そこには、巨大な赤い袋が、口を開けていた。

袋の口——は比喩ではなく、生々しく歯が並び舌の動く口だ。三春の体に落ちてきたものは、その口から垂れた涎だった。

「ひぃぎゃあああ!!」

逃げる間もなく、袋はがばりと大口を開けて、三春を丸呑みにした。目の前で起こったことに微塵も顔色を変えず、黒い服の男は叱る声音で呟いた。

「……おい袋、まだ説明の途中だ」

小さい頃、本物のクリスマスに憧(あこが)れていた。

絵本で見る、遠い外国のクリスマス。幼い三春は、お気に入りの飛び出す絵本のページをめくる。大きなツリー、窓を飾るリース、トナカイたちが引くソリの、高らかな鈴の音。

そして、赤いサンタクロースと一緒にやってくる――黒い、サンタクロース。

「うぅ……う……うわああ!!」

三春は叫び声を上げて飛び起きた。心臓が早鐘を打ち、冷や汗がどっと吹き出る。飲みすぎて、恐ろしい悪夢を見た。そう思ったが、目覚めた場所は見慣れた自分の部屋ではなかった。

「えっ……ここは……?」

三春は辺りを見渡す。自分が寝ている豪華なベッドには、赤い靴下やジンジャークッキーの装飾がほどこされ、そばにはクリスマスツリーが飾られていた。部屋の明かりにそのオーナメントがキラキラと輝く。ツリーの根元やソファの上には、リボンのかかったプレゼントがいくつも積み上げられていた。

三春はおそるおそるベッドを下り、自分の衣服が昨日のままであることを確かめる。見回した部屋にまったく見覚えはなく、どこかの洋館の一室のようだった。

「目が覚めたかい？」

「!?」

ふいにかけられた声に、三春は弾かれたように振り返った。

そこには、ホルモン屋台にいた、あの黒いサンタ服の男が立っていた。片手には、大きな赤い袋が握られている。

「黒いやつ……夢じゃなかっ……」

三春は強張った表情で警戒心をあらわにするが、男は気にしたふうもなく、会話を始めた。

「さっきの、途中から話そう。……もっと、もっと悪い子は、袋に詰めて攫われる」

男は片手を持ち上げる。ジャラリと、その両手首を繋ぐ鎖が、音を立てた。

「そしてクリスマスのために、黒いサンタとなって働くんだ」

「へ……？」

三春は言われていることが何一つわからず、混乱する。だがこの状況を考えれば、どうやら自分は誘拐され、働かされそうになっているようだ。身構える三春に向かって、黒服の男は持ち上げた片手を差し出した。

「おめでとう三春君」

「え？」

「内定だ」

内定。その言葉が再び、三春の頭を揺さぶる。

「え？　内定？　え？」

「月給は手取りで三〇万、残業代ボーナス昇給有りだ」

「え？　好条件？　え？」

一体どんな違法な仕事を言い渡されるのかと身構えていた三春は、高卒の自分には望外の条件に、今の状況も忘れて食いつく。

「ま、とりあえず契約書にサインを……」

すでに成立したかのように、男は話を進めていく。どこに仕舞っていたのか、バインダーに挟んだ書類を取り出す。

「いや、あのちょっと……あの」

「ま、とりあえず契約書に……」

「食われましたよね!?　俺！」

サインをさせようとしてくる男を押しのけ、三春は訴えた。

黒服の男は少しの間、沈黙する。それからしれっと言った。

「……いや？」

「嘘(うそ)つけ――!!　歯とか舌とかめちゃくちゃ感触残ってるし！　ななな、何なんです、あんた！」

「わかったわかった、確認するよ」

「えっ？」

男は片手に提(さ)げていた袋を持ち上げた。近くで見ればただの布地でしかなく、三春は急に自信がなくなった。普通のサンタが持っているのが白い袋なら、こっちは色が赤いというだけで、おかしいところは何もない。冷静になって考えれば、酔って何かを見間違えたという方がよっぽど現実的だ。

そう思った三春の目の前で、男は袋の口をがばりと開けてみせた。

「お前、三春君食った？」

ずらりと並んだ歯牙の間から、長い舌が飛び出す。袋の中からは、はっきりとした声が返ってきた。

「いや、クネヒト、お前見てただろ。ちゃんと吐き出したし。消化してねーし」

「だそうだ！　どうかな三春く……」

男が顔を向けた時には、三春は脱兎のごとく逃げ出していた。

(うわぁあああぁ!!　やっぱ夢じゃないのかよ〜〜!!)

素面の、覚醒している状態で、はっきりと見た。大きな袋に牙や舌がついて、しかも人の言葉を喋っていた。三春はどこまでも続くような廊下を、顔を真っ青にして走っていく。

とにかく一刻も早くここから逃げなければと、三春は現れた大きな扉に手をかけた。重たいドアを押し開け飛び出そうとした時、また目の前に黒いサンタ帽子が現れた。

「!?」

悲鳴を上げかけたが、すぐにそれはあの怪しい男ではなく、自分と同じ年恰好の男女だと気づく。

髪を二つに結んだ、愛らしい顔立ちの少女が口を開く。

「あ、三春君よね？　私は志乃。クネヒトから案内を頼まれています」

「鉄平だ。よろしくな」

すらりと背の高い若者の方は、整った顔でそう名乗った。二人とも黒い上下の制服に、三角の尖った帽子をかぶっている。

「……に……人間のひと……ですか？」

三春は、自分一人だけ悪夢に放り込まれているような感覚から解放され、その場にへなへなと倒れ込んだ。

「はい、どうぞ」

応接室のような部屋へ案内された三春は、重厚感のあるソファの一つに腰を落ち着けた。そのテーブルの上に、なじみのある和食が置かれる。

「豚汁とおにぎり。食べられたら、温かいもの食べた方がいいと思う」

「鉄平君は、ここの料理長なの」

向かいに座った志乃と鉄平は、三春に温かい食事を勧めた。用意してくれた料理を前にして、ようやく落ち着きを取り戻していく。

「食べ慣れない味、今入らないだろ?」

優しい声と、豚汁の香りに包まれ、三春は会ったばかりだったがすでに鉄平のことを信頼していた。

(何こいつ……お嫁にできる……)

「ありがとう……」

三春は箸を手に取り、豚汁の器を持ち上げる。おずおずと口に運ぶと、ほっと息をつく。

「おいしい」

三春の言葉を聞いて、志乃はぱっと笑顔になる。

「よかった！　あったかいもの食べると、気持ちが落ち着くよね」

その笑顔につられるように、三春も強張っていた顔面がゆるんでいく。

（なんかいい子だな……こういう子が同僚だったら、仕事も楽しいだろうな……）

三年間の殺伐とした仕事環境が頭によぎり、ついそんなことを考えてしまう。

「食べ終えたら案内するけど、何か質問はある？」

鉄平にそう問われて、三春ははっと我に返った。二人に出会ったことで紛れていた記憶が、一気に蘇ってくる。

「……あ、ある……」

「何？」

「な、何なんですかあの、黒いサンタ服の、スカーフの男……」

声を震わせる三春に対し、鉄平はさっきまでの口調と変わることなく、穏やかに答えた。

「彼はクネヒト。このサンタクロースハウスの社長」

「社長っ!?　怪しすぎるでしょ！」

まさかの正体に愕然（がくぜん）とする。いや、あの人物よりももっと怪しい存在がいた。

「それに、口のついた袋……喋ってたんですけど！」

テーブルから身を乗り出さんばかりに、三春は二人にこの異常な状況を訴える。

「……あ〜〜」

志乃と鉄平は顔を見合わせて、本気で取り合っているのか判断に困る、気の抜けた声を漏らした。

「あれは、うちの会社のマスコットキャラクター！」

にこっと笑って、志乃が答えた。三春は「はぁ!?」と聞き返す。あれがマスコットキャラクター!?

「ヨダレ出まくってましたけど!?」

「キモカワっていうの？　慣れたらカワイイんだよ」

「慣れ……それに誘拐されたんですよ！　あ、もしかしてあなたたちも無理矢理働かされてるんですか!?」

百歩譲ってあれが特殊な着ぐるみだったとしても、強制的にここへ連れてこられ、何か仕事の契約をさせられそうになっていることは事実だ。

社長のクネヒトはさっき、サンタとなって働くよう言っていたが、それは一体どういう仕事の暗喩なのか。怯えた顔になった三春を見て、志乃は屈託なく噴き出した。

「やだ～！　普通に就職しただけだよ！　だって素敵じゃない……」

　志乃はにこやかに続ける。

「サンタさんのお手伝いができるって」

「……え？」

　三春は、志乃が口にした言葉に耳を疑う。助けを求めるように見た鉄平の方もまた、冗談を言っている様子もなく相槌を打った。

「やりがいのある仕事だ。クリスマス前はかなりの激務だけどな」

　頷き合っている二人を見て、三春は顔を引きつらせた。

（これ、本当にサンタの仕事のことを、言ってる……？）

　二人とも何かを隠したり、悪ふざけしたりしている言動ではない。だが、本心からそう言っているのなら……。

（完全にヤバい施設じゃん……）

　助けてくれる人たちに出会えたと思ったのも束の間、三春は再びここから逃げねばと背中に冷や汗を流す。

「あ、あの！　一度外に出て頭冷やしたいんですけど……」

「外に？　そりゃ冷えるだろうが……」

唐突な三春の頼みに対し、鉄平は不思議そうに首を傾げる。志乃は立ち上がり、さっき入ってきたドアの方を指さした。

「出て、左だよ」

三春はたやすく脱出ルートを教えられ、勢いよくソファから立ち上がった。

「ごめんなさいさようなら!!」

一声叫んで部屋を飛び出していく三春の姿を見て、志乃と鉄平は顔を見合わせた。

応接室を出た三春は、志乃が言っていたように左へ向かう。そこには一階へ続く階段があった。外に出られさえすれば何とかなる。そう思って階段を駆け下り、エントランスらしい場所に着くと中央の扉へ飛びついた。

三春は重たい扉を渾身の力で押し開ける。

外にさえ出られれば――――そう思っていたが、開けた瞬間、極寒の風が三春の顔に吹きつけてきた。

「ッ!?」

まるで、暴風が吹き荒れる冷凍庫に突入したかのようだ。三春が吹雪の向こうに視線をやると、そこにはどこまでも白い大地と氷山が広がっていた。

どう考えても、日本ではない。

「え……えっ!?」

三春は混乱し、あまりの寒さに思わず自分の体を抱きしめる。

「頭冷えた？」

後ろから鉄平に声をかけられ、三春は振り返った。

「……こ、ここ……」

「北極だ。言っただろ？　ここは……サンタクロースハウス」

鉄平は寒さなど感じていないかのように、眉一つ動かさず告げた。

「世界中の子供たちに、プレゼントを作って配達する、サンタクロースの拠点だ」

「……う、嘘だ！　嘘だ!!」

三春は現実を受け入れられず、声を張り上げた。幼い頃に読んだ絵本の記憶が、零下の気温と相まって走馬灯のように駆け巡っていく。遠い外国のクリスマス。北の国に住んでいるサンタクロースは、世界中の良い子のためにそこでプレゼントを用意している。

だがそんなの、絵本の中のこと——作り話の世界のことだ。

「もう～疑り深いなぁ」

呆然とする三春へ、志乃がスマホを差し出した。三春のスマホだ。

「はい、これ。充電しといてあげたよ。マップ見てみたら？」

「…………」

受け取ったスマホを、三春はじっと見つめる。マップが確認できるということは、電波があるということだ。助けを呼べる、と三春は急いた手つきで電源を入れた。

起動させるとすぐに、通知が連続して届いた。

「……!?」

数えきれないほどの不在着信と留守電の録音は、コンビニの店長からだ。

『三春君、休むにしても連絡しなさいよ』

『一応社会人でしょ？　職場にかかる迷惑わかってる？』

『廃棄万引きの件と合わせて、上に報告するから』

電話だけでなく、膨大な叱責のメールも入っている。三春がそれに目を通すより前に、SNSの新着記事の通知が来る。

友達や家族、そして恋人と過ごす知り合いの写真が、楽しげなコメントや気の利いたタグと一緒に投稿されていた。

そして最後、メッセージアプリには、カイザーの名前が表示された。

『昨日は早退あざす!!　最高の夜景したｗｗ』

その言葉とともに、あの彼女の肩を抱き、夜景を背にピースサインを浮かべているカイザーの写真が送られてきていた。

三春は気温と関係なく、凍りついたように固まって、その軽薄な笑顔を見つめる。

「……どうする?」

建物の中から、いつの間にか、あの黒いサンタ服の男――クネヒトが姿を見せていた。

食い入るようにスマホを見ている三春へ、ゆっくりと近づいてくる。

「クリスマスを引き立てるだけの、夜景役に戻る? それとも……」

人を食ったような物言いで、クネヒトは三春へ問いかける。

「クリスマスの本当の主役になるか」

伸ばされた指が、三春の手の中の投稿を示した。

「ソリから見れば……こいつらが夜景だ」

キラキラした笑顔で楽しそうにクリスマスを過ごす、画面の向こうの人々。その誰も、本当の主役ではない。

クリスマスの本当の主役は――子供たちにプレゼントを配る、サンタクロースだ。

「…………」

三春は、発光する手の中の世界を見つめた。スマホを握ったまま微動だにしない三春を見かねて、志乃が声をかけた。

「ま、まぁ、とりあえず中に戻ろ。凍死しちゃ……」

なだめようとする志乃と鉄平へ、三春は勢いよく背を向けた。

そして、ピースサインを作るとスマホを掲げて自撮りする。シャッター音とフラッシュの後、無言で素早く指を動かした。

困惑する志乃と鉄平の前で、三春は自分のSNSアカウントに、新しい投稿をした。

『まさかの海外で働くことになりました！（笑）　不安もあるけどがんばるっきゃない！新しい仲間と。メリークリスマス！』

投稿欄には、瀟洒(しょうしゃ)な洋館の玄関を背に、志乃と鉄平と並んで笑顔を浮かべる三春の写真が表示されていた。

スマホを仕舞うと三春はクネヒトの手から、契約書を挟んだバインダーをひったくった。叩きつけるようにサインを書き、その契約書をクネヒトに突き返す。

「俺は……」

大学受験に失敗し、就職活動もずっとうまくいかず、年下の同僚に舐(な)められながら三年間、コンビニバイトをしてきた。店長に理不尽に怒られ、彼女もできず、SNSの映える写真たちはみんな、自分を嘲笑(ちょうしょう)している気分で過ごしてきた。

けど本当は違った。誰も自分を、笑ったりしていない。

勝手に卑屈になって周りを妬ましく思っていただけだ。自分に夜景役を押しつけようとしていたのは、誰でもない、自分自身だ。

三春は息を吸い込む。

黒いサンタとか口のついた袋とか、何もかも現実とは思えないわけのわからない状況だったけれど、ここで決めなかったら、いつまでも変われないままだと直感する。

「一度だって……夜景になんかなってねぇよ！」

三春はクネヒトに向かって、決然と告げる。

ここから三春の、サンタクロースハウスでの仕事——もとい強制労働が、始まった。

二章
chapter 2

うよ〜〜！』

『やっほー！　新入社員のみんな！　今日はみんなに、黒いサンタについて、知ってもら

「……なんか出てきた」

三春(みはる)は部屋のテレビの前で、渡された研修用のＤＶＤを再生させていた。画面に現れたのは、コミカルな動きをするサンタ帽子の着ぐるみだ。タイトルには『おしえて！　帽子さん！　ブラックサンタクロースってなに？』と、書かれており、どうやらこのキャラクターが『帽子さん』らしい。

映像の中、子供向け番組のような口調で、帽子さんは話を続ける。

『サンタのお仕事は、世界中の子供たちにプレゼントを渡すこと！　良い子には、その子が望む良いプレゼントを！　悪い子には、そう、内臓！』

「内臓……」

三春の記憶に、あのホルモン屋台でクネヒトが言っていた言葉が蘇(よみがえ)る。悪い子には、石炭や臓物(ぞうもつ)、もっと悪い子には鞭(むち)、と。

『……を、昔は渡していたらしいんだけど、今は悪い子には、その子に合った、悪いプレゼントを渡す！』

そしてもっと悪い子は、このサンタクロースハウスへ連れてこられ、サンタの仕事をさ

せられる。

現状の自分だ。

（はぁ……なんでこんなことに……）

三春は何度も、ここへ連れられてきた時のことを思い返し、頭を抱える。

勢いで上げてしまったあの投稿には、自分のアカウントでは見たことないほどの『いいね』と意識の高いコメントがつき、親戚を介して母親の耳にまで届いてしまっていた。その母から『応援しています。本当におめでとう』と書かれた感極まったメールを受け取ってしまい、もう三春は後には引けなかった。

ずっと就職先を求めていたが、クリスマスの夜に、まったく思いがけずそのプレゼントが届いてしまったのだ。

『どう？　みんなわかったかな？』

すでに総括っぽいセリフが入り、帽子さんは両手を振る。

『これが僕たち黒いサンタのお仕事だよ！　みんな、がんばリークリスマス！』

どう反応したらいいのか困る挨拶とともに、帽子さんは画面からフェードアウトしていった。

結局、肝心なことは何もわからない。三春は暗くなった画面を見ながら、首を傾げた。

「悪いプレゼント?」

「おいおいわかるさ」

そう答えたのは、このDVDを持ってきた鉄平(てっぺい)だ。

三春は見慣れた自分のアパートの部屋の中に、黒いサンタの制服を着た鉄平が立っていることに、どうしても違和感を拭(ぬぐ)えなかった。

驚くべきことに、このサンタハウスの寮の内装は、完全に先日まで住んでいたアパートの一室のままなのだ。作り付けのキッチンや家電はもちろん、雑然と掛けられた服や本棚の中身まで寸分たがわず移植されており、窓から見えるのが北極の風景でさえなければ全部夢だったと思うだろう。この謎のクオリティと資金力に、三春は働く前からすでに恐怖を感じていた。

「サンタクロースハウスは数多くの部署に分かれているんだ」

自分の部屋を見渡していた三春は、鉄平にそう言われて顔を向けた。

「まずは三春さんがどの部署になるか決めないと」

(そうだった)

今日は鉄平に案内されて、部署見学に行く予定になっていた。三春はスマホだけポケットに入れて、鉄平の後に続いて部屋を出た。

最初に連れてこられたのは、まるで郵便局の中のような場所だった。

「ここは『靴下ポスト』という部署だ」

広い部屋には、ずらりと奥まで机が並べられ、鉄平や志乃たちと同じ、黒いサンタ服を着た従業員たちが作業にいそしんでいた。

「ここでは世界中の良い子たちから送られてきた手紙や、枕元に置かれた手紙を回収、分析している」

彼らは机に山積みにされた手紙を一つ一つ開き、内容を確認していた。だが手紙は次々届き、少しも減っていっている様子がない。どの顔も切羽詰まり、余裕がなさそうだ。

疲れ果てた様子の一人が、手紙を開けながら、船をこぎ始める。するとすかさず、デスクの周りを巡回している上司が声を張り上げた。

「寝るな！　働け働け働け!!!」

全員に緊張感が走り、作業のスピードを上げる。見学していた三春は、今この光景を見ただけですくみ上がった。

「いや絵に描いたようなブラック企業！」

「仕方がない。子供たちのためだから」

鉄平は平然と答える。三春はその大義名分に、早々に疑問を呈した。

「子供のためって言ったら何でも許されると思ってない……？」

「大切な仕事なんだぞ。読みとった子供たちの希望をもとに、何をプレゼントするのかを選ぶんだから」

「それはそうでしょうけど……」

鉄平の主張はまっとうに聞こえたが、その向こうに広がる職場環境が目に入れば同意しがたい。部署を見渡して三春は、赤いサンタ服を着ている社員はいないのかと探したが、一人も見つけられなかった。

「全員黒いサンタ服なんですね。……ブラック企業なだけに！」

三春としては冗談を言ったつもりだったが、鉄平は真顔で頷き返した。

「ああ。一般社員はみんなブラックサンタだ」

三春は首を傾げる。

「じゃあ、赤いサンタは？」

鉄平はわずかな沈黙の後、視線を伏せた。

「……それも昔の話だ。今はいない」

「いない？」

聞き返した三春に鉄平は頷く。

「そう。だから良い子にも悪い子にも、俺たち黒いサンタがプレゼント配っている」

「へぇ……」

サンタクロースと言えばあの赤い衣服だと思っていたが、今はもう違うらしい。確かに絵本の中で描かれていたサンタの家も、こんな殺伐とはしていなかった。これが現代ということなのか。

三春は忙しく立ち働く社員たちが手紙を仕分けている箱のラベルに目を向ける。

「東京……パリ……ブエノスアイレス……本当に世界中から送られてくるんだ」

「この部署に配属されるためには最低でも五カ国語以上を読解できる必要がある。三春さんは？」

「いやそれ就職浪人の俺に聞きます⁉」

鉄平は数秒の間、黙って三春を見ていた後、端的に答えた。

「ああ」

「ああじゃねぇよ」

三春は思わず距離感を詰めた突っ込みを入れてしまった。

『靴下ポスト』を後にし、次の部署へ移動していく。大きな暖炉(だんろ)の奥には、地下へ続く階段が隠されていた。

薄暗い入り口を見て、三春は前を行く鉄平に尋(たず)ねた。

「次は、何をする部署ですか？」

鉄平は到着した地下を示して、答えた。

「『煙突の目』、チムニー。志乃さんはここの部署のエースなんだ」

足を踏み入れた場所は、洋館の地下室には似つかわしくないものがずらりと並べられていた。巨大なモニターにキーボード、一瞥(いちべつ)して高性能とわかるパソコンが配置され、そのデスクの一つに、二つ結びの後ろ姿があった。

「あ、三春君！　ようこそ『煙突の目(チムニー)』へ」

大きなモニターの前に座っていた志乃が、三春の姿に気づいて振り返った。三春も会釈を返したが、何をしている部署なのかはさっぱりわからない。サンタの仕事と情報処理業務が結びつかず、きょろきょろと周りを見回す。

「何ここ……？」

鉄平は三春の疑問の声を聞くと、志乃へ声をかけた。

「志乃さん、お願いします」

「はーい！　それじゃあ、三春君にもわかりやすいように日本の子から選ぶわね」

志乃はそう言うと、すさまじい指使いでキーボードを打ち込んでいく。そしてその表情が、なぜか生き生きと輝き始めた。

「最初の悪い子は〜〜……」

「……あれ、志乃さん？」

モニターのブルーライトを受けて、志乃の双眸に怪しげな光が反射する。突然印象を変えた同僚に困惑するが、そんな三春をよそに志乃は口の端をつり上げた。

「この子!!」

志乃がキーボードを叩くと、目の前のモニターにぱっと一通の手紙が映し出される。鉛筆で書かれた拙い字は、一見して子供が書いたものだとわかる。

『サンタさんへ。さむいのにサンタさんががんばっているので、ぼくもやくそくしました。英語のテストで九〇点以上とったら、サンタさんにおねがいしていいって』

三春は、その健気な文面を目で追っていく。

『だからぼく、がんばってまいにちべんきょうしてる。プレゼントにはニンニンスケッチと、モンカリ4がほしいです』

「めっちゃ良い子じゃん!!」

三春は思わず声を上げたが、同じモニターを見ていた志乃は鼻で笑った。

「さぁ……どうかしらねぇ～？」

「え？」

機械を軽やかに操作しながら、歌うように志乃は独り言を言う。

「消印から、その周辺の小学校をリストアップ！　候補は五つ、英語の授業は三年生から必修、三年生以上を検索すると……」

画面には次々と、小学校の授業カリキュラムや生徒の名簿が映し出されていく。

「あ、ほらビンゴ!!　いるか小学校の三年一組！　太山(ふとやま)たかし！」

拡大させた名簿の名前を見て、志乃は勝ち誇った。

「え、ちょっと待ってくださいよ。これって完全に個人情報じゃ……」

「あ、三年一組はちょうど小テストやってるわね。左側の窓から狙って」

三春の声が聞こえていないのかそれとも無視しているのか、志乃は作業を続ける。入力を終えると画面が切り替わった。校舎の窓を、斜め上から映した映像で、子供たちが席についているのが見える。

「え？」

「赤外線カメラに切り替えるわ」

言うと同時、映像は色のついた輪郭(りんかく)へ変わった。サーモグラフィ映像は、一つの人型だけ明らかに赤みがかっている。それを見て志乃がブフーッと噴き出した。

「あれ〜おかしいねぇ〜? 一人だけ体温が高いねぇ〜? 小テストの緊張じゃないよぉ……筆致の摩擦熱拾って手紙の筆跡と照合して……」

興奮した志乃は、そこでにたぁっと笑みを浮かべた。

「みぃ〜つけ〜たぁあ〜〜〜!」

「………………」

もう三春は、片隅(かたすみ)で震えながら見ていることしかできなかった。

「で、ズームして……! はぁ〜……」

達成感に満ちたいい笑顔で、志乃はデスクの椅子(いす)にもたれた。

「どうだ?」

鉄平が、志乃の手元を覗(のぞ)き込む。志乃は目を細め、はっきりと答えた。

「うん。間違いない。悪い子」

「ええっ?」

三春は思わず聞き返した。さっきの手紙は、どう見ても良い子からの手紙だった。志乃は椅子から立ち上がりながら、キーボードを押す。

「カンニング。消しゴムケースの裏。かなり上手だから常習犯だね～」

志乃がそう呟くと、証拠映像が大きなモニターにはっきりと映し出された。小学生の男の子が、周りをちらちらと窺いながら、自分の消しゴムをケースから外す。そのケースの中には、小さな文字で出題範囲の単語が書き込まれている。

志乃は、その画面を背にして、三春ににっこりと笑いかけた。

「すごいでしょ！　これが良い子か悪い子かを判別することができる黒いサンタの魔法」

「人工衛星ですよね!?　めちゃくちゃ怖いんですけど！　え、子供たちのプライバシーは!?」

三春は、今目の前で行われた、高度なハッキングに戦慄する。三春の主張に、志乃は肩をすくめるように笑い返した。

「プライバシー？　深夜に煙突から侵入してベッドまで来るサンタに、今さらプライバシーとか言われても……」

「確かにとっくに犯罪ですけども!!」

三春は頭痛を堪えるように、頭を抱えた。多忙でブラックな課の後は、シロかクロかで言えば明らかに犯罪な部署を紹介された。

この後行く場所が、せめてまともであってくれと三春は一縷の望みを託した。

「次は『石炭（コール）』。プレゼント工場だ」

黒いダイヤ——石炭の描かれた扉を鉄平が開ける。

（子供たちへのプレゼントを作る部署……ここなら……）

期待を胸に中に入った三春は、息を呑（の）んだ。

「でか……」

入った場所は、巨大な工場になっていた。天井は高く、果てが見えないほどベルトコンベアが張り巡らされている。機械の動く音が、壁を走る配管に規則的に反響していた。

「世界中に配るんだ。このぐらいの規模にはなる」

鉄平は中へと進んでいく。きょろきょろと周りを見渡しながら、三春は尋ねた。

「具体的には何を作ってるんですか？」

サンタのおもちゃ工場と聞いて、三春は絵本のように、ぬいぐるみやくるみ割り人形を作っているのを想像した。だが鉄平の答えは違った。

「何でも作れる。もちろん良い子のためのニンニンスケッチやモンカリ、スマホも」

「それ作れるところにまた違法性感じるんですけど……」

「作るのは簡単。ただプレゼントっていうのは選ぶのが一番難しいんだ」

鉄平は工場を見渡しながら、三春へ伝える。

「良い子にはその子の希望通りの物を配ればいいけど、悪い子の場合はそうはいかないから」

「はぁ」

意味がよくわからず、三春は曖昧に頷き返した。

「だから、悪い子用のプレゼントを選ぶための部署もあるんだ」

（さっき言ってた、『悪いプレゼント』ってやつ？）

昔のように石炭や臓物ではないとはわかったが、それがどういうものを指すのか理解できず、三春はベルトコンベアを流れていく製品たちを見るともなしに眺めていた。

ふと、通路の先にあの赤いサンタ帽子の着ぐるみが立っているのが目に入った。

「あっ、さっきの帽子さんだ」

三春は研修用ＤＶＤの中で、可愛らしく動いていた姿を思い出し、近づいていった。そばで見ると、映像で見るよりぬいぐるみっぽく、愛嬌のあるデザインだ。

「え、ちょっと待ってこれ、ほんとに可愛……」

「新入りか」

手を伸ばしていた三春は、中から聞こえてきた低い声に慌てて数歩後ずさった。

「おい」

親しみやすさゼロの声質で呼ばれ、詰め寄られる。ついでになぜか、帽子のポンポンで攻撃された。

「うわぇっ、ちょっ」

色んな意味で怯えた声を出す三春の胸倉をいきなり摑み、帽子さんは凄む。

「おい、こんなやつ使いもんになんのか」

三春は自分の服を摑む手に目を向けた。

袖から覗いた人間の手はごつく、もじゃもじゃと毛が生えていた。

「完全に中身、おっさんじゃん!!」

油断していた分、許されないギャップに三春は悲鳴を上げる。さっきの子供向け番組のテンションはどこへ行ったんだ。

「おい！」

「うぁっ」

再びポンポンで殴られた後、「挨拶!!」とどやされる。三春の喉から、おはようございます……と細い声が漏れた。

三春が帽子的パワハラを受けているうちに、工場の奥からは小さな帽子たちがわらわらと出てきた。

「え？　え、え⁉」

三春には、目の前の帽子さん（※中身中年男性）を小さくさせたおもちゃのように見えていたが、すぐに違うとわかる。彼らはベルトコンベアの上に整列すると、次々とゲーム機やスマホを生み出していった――――お尻から。

「な、ななな何だこいつら！」

狼狽（ろうばい）している三春の横から、鉄平が答えた。

「妖精だ」

「いや無理、俺のファンタジーキャパ超えた」

サンタクロースも喋（しゃべ）る袋も頑張れば受け入れられたが、プレゼントをひり出す妖精たちは無理だった。三春は顔を引きつらせて後ずさる。

「おい」

「はいっ！」

再び帽子さんに呼ばれ、三春は飛び上がって返事をする。

「ちょっと来い」

服を摑まれるとぐいぐいと引っ張られ、わけもわからないまま、謎の別室へ連れてこられた。

「座れ」

　小部屋の中心に置かれた椅子に、三春は無理矢理座らされた。クラシカルなベッドやアンティークな木馬が置かれて、子供部屋が再現されているようだったが、その後ろはガラス張りのモニタールームとなっている。そして三春の座る椅子の上には、見るからに怪しげなVRゴーグルと、何にどう接続するのか想像したくない針がぶら下げられていた。

「何なの、ここ……」

　逃げ出そうとする三春を、帽子さんは「座れって」といなして椅子に押し戻す。

「ほら、これかぶれ。子供役がいねーと始まんねーんだ、ほら」

「絶っっ対に嫌です！　これ針じゃないですか！」

　三春は、謎の装置を押しつけてくるサンタ帽子に全力で抵抗する。

「いいから、大丈夫だから」

「ちょ、ちょ、待って」

　問答無用で三春の頭にその装置を取りつけると、帽子さんは針を手にする。それを三春の頭にノーモーションで刺した。

「いってぇ!!」

「あー悪い悪い」

まったく悪びれた様子もなく、刺す場所を変える。「大丈夫だってこれいい針だから、鍼灸（しんきゅう）のやつだから」とぶつぶつ言いながら、ようやく正しい刺入（しにゅう）場所を見つける。

「あ、ここか」

ぶすりと三春の頭に針が突き刺さる。

抵抗していた三春だったが、針が完全に差し込まれると、がくりと意識を失った。

遠くから、自分を呼ぶ声が聞こえてきた。

「た〜かし……」

たかし？　誰だそれ……。てっきり自分のことを呼んでいると思った三春は、夢の中で困惑する。

「たかちゃ〜ん！」

その声が無視できないほど大きくなり、三春は目を開けた。

目の前に、見知らぬ中年女性が立っていた。

「たかちゃん、メリークリスマス！」

「……ママ、サンタきた⁉」

高い子供の声が口をついた。ふかふかのベッドから起き上がると、自分の着ている恐竜柄のパジャマが視界に入る。

（そうか、俺が、たかしだった……）

そして今日は、クリスマスだ。プレゼントには、ニンニンスケッチとモンカリ4のセットを頼んでおいた。ようやくやっと、友達がやっているのを見ているだけだったゲームで自分も遊べるのだ。母親が出した条件、英語のテストで九〇点以上三回はきつかったが、頑張った。

カンニング用の、消しゴムケースまで作って……。

ベッドのそばに、リボンのかかったプレゼントを見つけて、たかしは歓声を上げた。

「ニンニンスケッチとモンカリ4だぁ！」

破いた包装紙の中から、そのゲームソフトのパッケージが見えた。

「やったぁ！　ニンニンスケッチ！　それにモンカリ……」

『モンスターカリーズ3』。

「一個前のやつ……」

VRゴーグルを装着したまま、三春は空中に両手を持ち上げた体勢で、落胆した声を漏らした。疑似体験している世界から戻ってこられないまま、三春はうわごとのように繰り返す。

「ママ、ママこれ返してきてよママ！　４じゃなきゃやだ……ママァッ！」

「落ち着け。お前は日野三春、二十二歳のクソ野郎だ」

帽子さんはシミュレーションから抜け出せていない三春を一蹴すると、モニタールームの方へ顔を向けた。

測定していたスタッフが、今の結果を伝える。

「がっかり指数、25です」

「25だと!?　おい、この悪ガキには45がっかりだろうが！」

帽子さんは厳しい口調でモニタールームの社員を叱り飛ばした。その声でようやく三春は、現実へ戻ってこられた。

「へ……？」

椅子からずり落ちかけている三春のもとへ、鉄平が駆け寄った。

「大丈夫か？」

その時、扉を開けて黒い方のサンタ帽子が入ってくる。

「うう〜〜子供役は相変わらずキツそうだねぇ」

クネヒトはおどけて怖がってみせながら、三春の姿をじろじろと眺める。聞き覚えのある声に、三春は頭からその怪しい装置を外してそちらを見た。

「何の拷問すかこれ……めちゃくちゃ疲れるんですけど……」

横に立っていた鉄平が、三春のセリフに生真面目に回答する。

「悪い子の調査をもとにがっかり指数を算出し、ここでシミュレーションして、がっかり指数に合致するプレゼントを探しているんだ」

「ああ、そうですか……って意味不明だよ！」

がっかり指数ってなんだそれ！　その謎の数値が、子供にとっての『悪いプレゼント』を決める基準になっているようだが……。

クネヒトが、横から励ますジェスチャーを送ってくる。

「当てるまで、永遠に、続くぞ♪」

「地獄かよ！」

今までの部署の中で、一番恐ろしい場所ではないか。

（ハイテクなようで……めちゃくちゃローテク……！）

震え上がった三春は、帽子さんがパソコンの前にいる社員と打ち合わせをしているのを耳にした。

「おい次！　準備できてんのか」

「はい。次はソフトを妖怪スイッチにしようかと……」

「は⁉　んなのだめに決まってんだろ！」

三春は弾かれたように、椅子から立ち上がった。

「えっ……？」

ガラス越しに叫ばれて、社員は操作の手を止める。

「相手は悪ガキなんだろ？　こういうな、イキった悪ガキをがっかりさせたいなら……これだよ‼」

「え、でもこれじゃ願い通り……」

「いいから早くやれ‼」

三春はポケットから取り出したスマホで、その商品を表示させた。

三春は何としてでも、また見当違いなプレゼントを選ばれて、そのがっかり指数とやらが足りずに終わるのは避けたかった。

（こんな絶望感や羞恥心を何度も味わわされたら、俺の心がもたない……！）

悪い子にぴったり見合ったプレゼントを決めるまで、延々とその悪い子となり、クリスマスの悲劇を体験し続けなければならないなんて。業務うんぬん以前に人権がない。

（次で絶対終わらせる……‼）

三春は歯を食いしばって、再びゴーグルを装着した。

暗転ののち、同じ声が聞こえてくる。自分を起こしに来る、母親の声だ。

「……た～かし、たかちゃん、メリークリスマス！」

「プレゼントは!?」

たかしとなった三春は飛び起き、枕元に置かれたプレゼントに飛びつく。

「やったぁ！　ニンニンスケッチとモンカリ4だぁ！　……!?」

ソフトは『モンスターカリーズ4』で合っていたが、ニンニンスケッチの箱を開けて、たかしは愕然とした。

「これ……ゴールドブラウン？　これ、違う！　俺スカイブルーが……！」

たかしは手を震わせる。中に入っていたゲーム機の色は、地味な茶色がかったカラーリングで、全然自分の好みではない。友達が何と言って笑うか、想像がつく。

こんなの誰にも見せられない。そう思った瞬間、家のインターホンが鳴った。

「たかしー！　ニンニンスケッチもらった!?」

「モンカリやろーぜー！」

たかしは、聞こえてきた声にさぁっと青ざめた。そういえば、ゲームが手に入るからクリスマスの朝から遊ぼうと約束していたのを思い出した。

「最新型だろ！　見せろよー」

家に上がってきた友達は、たかしの部屋へ入ってきた。

「ちょ、くんなよ！　やめろよ！」

慌てて手の中の箱を隠そうとしたが、遅かった。

「って……ゴールドブラウンじゃん！」

たかしの持っているゲーム機の色に気づいて、その場にいた全員が爆笑する。

「ゴールドブラウンって、ウンコみてぇじゃーん」

「あははっウンコ輝いてんじゃん～！」

「たかしのあだ名、ウンコゴールドな！」

容赦（ようしゃ）なく友達から笑われて、たかしは叫んだ。

「ママ～～～!!!」

ヘッドセットを外して、三春もまた絶叫していた。

そこで計器が測定を終えた。がっかり指数は、45ジャストで表示されていた。

「ええっすごい！　ピッタリ45だ！」

「誤差が、ゼロだと?」

「いつも＋－（プラスマイナス）3まで有効にしてるのに……！」

モニタールームが三春の測定結果に騒然となる。

「ああしんどい……この部署だけは絶対に……」

よろよろと身を起こした三春の肩に、いつの間にやってきたのか、帽子さんが手を置いた。おっさんらしいその手を。そしてすっと、折りたたまれた黒いサンタの制服を差し出した。

「三春君、我が部署へようこそ！」

肩をがっしりと摑まれて、三春は涙目で叫んだ。

「いやだぁあああ――――!!」

三章
chapter 3

社会に出て、朱に交われば赤くなる。

煙突を通り、灰に交われば黒くなる。


三春は、部屋に届いた真っ黒な制服一式と向かい合う。

（うわぁ……）

こうして黒いサンタ服を前にすると、本当に自分もここの社員になってしまったのだと実感する。しかも配属先は、地獄の『石炭』だ。

三春は制服と一緒に置かれた自分の名刺を手に取った。そこにもしっかりと、『石炭課子供役』の文字が書かれている。

「……名刺って……誰に渡すんだよ」

「三春君、まだ～？　開けていい？」

部屋の外から志乃の声が聞こえてきて、三春は慌てて立ち上がる。

「あ、まだです、まだ！」

数分後、三春は黒いサンタ服に着替えて、部屋から出た。

「わぁ、似合う～！」

出迎えた志乃は拍手を送ったが、三春としては複雑だ。

（制服着ると、『観念した』感強いな……）

とっくに契約書にサインしているとはいえ、制服を着たことで三春も正式に、このサンタクロースハウスの一員となったのだ。

そうして始まったここでの三春の生活は、『楽しい』と『きつい』とのシーソーゲームだった。

鉄平や志乃みたいな同僚ができたことは嬉しく、二人と過ごしていると、これまでの三春の青春には存在しなかった瞬間が何度も訪れた。職場で三人で写真を撮ったり、厨房を任されている鉄平が、美味しいケーキをふるまってくれたり。

だが配属された部署『石炭』の仕事は、心身ともにきついものだった。こんなところでは働けない、絶対に辞めてやると決意するが、SNSに『海外の仕事』について投稿すればすぐに羨望のコメントと『いいね』の数が増えていき、まんざらでもない気分になる。そしてもう少し頑張ってみるか……と『石炭』に出勤し、がっかり指数ぴたり賞を連続で決め、全然嬉しくない才能を上司に認められていく。

つまり三春はすっかり、このサンタクロースハウスでの仕事になじんでいた。


「――試験？」

その日、鉄平から告げられた言葉を聞いて、三春は首を傾げた。

「何、そのトナカイって?」

ぱっと頭に浮かんだのは、ソリを引くあのトナカイだ。ここでトナカイと言えばそれ以外にないだろう。

食堂へ向かおうと一緒に階段を下りていきながら、鉄平が説明する。

「プレゼントを配る配達員のこと。サンタクロースハウスの花形部署なんだ」

そのトナカイになるための試験だと、鉄平は続けた。三春はそれを聞いて、眉を寄せた。

「そうなんだ、なんか難しそう……」

確かに今まで見てきた部署は、どこもプレゼントを用意するまでの裏方のような仕事だった。それらの部署に対し、配達員だというトナカイたちは、子供たちにプレゼントを配るという一番サンタクロースらしい仕事を任されているのだ。花形と呼ばれるのもわかるし、当然その試験が、簡単なはずがない。

隣を歩きながら、鉄平は頷く。

「たくさんの人が受けるけど、誰が選ばれたのか発表されないから、合格率はわからない。ただ、トナカイには特別手当がある」

そう言うと鉄平は、持っていた申込用紙を三春に見せた。

「手当？　へぇ、それはちょっと惹かれ……」

三春は期待して、そこに書かれている文字に目を走らせる。

そこには『トナカイ手当一〇〇〇万円』の文字がはっきりと書かれていた。

「一〇〇〇万!?」

一万でもアップすれば、十分ありがたいと思っていた三春は愕然とした。何度も数字を数えるが、桁を間違えてはいない。

「ちなみにリーダーはさらに一〇〇〇万支給される。興味ある？」

「あるあるある！」

正直三春は試験と聞いて気が進まなかったが、この望外な報酬を聞いたら飛びつかないわけにはいかない。合計二〇〇〇万円が手に入るチャンスが、自分にも巡ってくるかもしれないのだ。

「キャー、見て見て！」

「かっこいいなぁ〜」

その時、廊下に人だかりができていることに気がついた。みんな興奮した声を上げて、窓から外を見ている。

三春も何事だろうかと、鉄平とともに窓辺へ近づいていった。

窓の外は今日も、雪が降っていた。ぼうっと曇った極北の空の下、何人かの人影が連なって歩いていくのが見える。

「トナカイたちだ」

横に立っていた鉄平が呟いた。三春はその人影へ、目を凝らす。

（あれが、トナカイ……）

歩いていく全員、大きな白いコートを着てフードをかぶっている。確かにこうして姿を見ても、顔も体形も判別できなかった。

「トナカイは選ばれし九人だけ。彼らは伝説のトナカイの名を継ぐんだ」

鉄平が、その名前を一つ一つ口にしていく。

「『ダッシャー』、『ダンサー』、『プランサー』、『ヴィクセン』」

呪文を唱えるように、特別なトナカイたちを指し示す。

「『コメット』、『キューピッド』、『ドンダー』、『ブリッツェン』」

吹雪の中、その八頭を率いるようにして、一頭のトナカイが歩いていく。

「そして……リーダーの『ルドルフ』。先頭を走る赤鼻のトナカイだよ」

鉄平の視線の先、三春はその人物を目で追った。全員同じ格好をしているように見えたが、『ルドルフ』だけはトナカイの角を模った仮面をはめ、その手に大きな縫い針のようなものを提げていた。

「へぇ……」

(あの人が、『ルドルフ』……)

三春がその姿を眺めていると、ふと、歩いていたルドルフが足を止めた。

そして顔をこちらへ向けた。

「……!」

仮面の隙間から、その視線と目が合った気がした。三春が窓に顔を近づけた時には、ルドルフは再び前へ視線を戻し、他のトナカイたちとともに歩み去っていった。

(こっちを、見てたような……)

トナカイたちの姿が見えなくなると、集まっていた社員たちも窓から離れ、それぞれに散っていく。

「……で、これから試験の申し込みに行くんだけど、三春さんはどうする?」

鉄平の声で、三春は我に返った。トナカイ、『ルドルフ』……。今の視線が、なぜか気になった。三春は呟くように答えた。

「……受けてみようかな。手当も出るし」

鉄平は三春の答えに頷いた後、難しい顔をして付け足した。

「今年は特に試験、難しいかもしれないが……」

「え、そうなの？」

眉根を寄せて、鉄平は声を落とすと三春へ明かした。

「噂だけど、入社したばかりのポーソン練間北口店出身者がトナカイ確定らしい」

「……ん？　ん⁇　今なんか変な単語が……」

三春は自分の耳を疑う。何か違う言葉を、聞き間違えたのだと思った。でなければ、ここにいる人から、元職場の店名を聞くはずない。

戸惑っている三春の反応を試験への不安と取り、鉄平は励ますように告げた。

「ポーソン練間北口店出身者と比べても仕方がないけどね。俺たちは自分ができることをやろう」

「……え⁇」

聞き間違いではない。言ってる。ポーソン、練間北口店って、言ってる。

「え、なんで俺がバイトしてたポーソン知って……え？　それ何の冗談？」

三春は周りに人がいないか見回した後、鉄平に尋ねた。ここで、前職について話したことはない。進学も就職もできずコンビニでフリーター生活を続けていたなんて、できれば知られたくなかったからだ。

「……練間北口店？」

だが鉄平の方は息を呑み、三春の元職場の店名を、真剣な顔で確認してくる。三春はそのリアクションに困惑した。

「え……いや、そんな噂ありえないよ？」

何の変哲もないコンビニで働いていた人物がエリート扱いなのも意味不明だが、もし仮にその話が本当だとしたら、仕事をしないあのふざけた同僚も、トナカイ候補ということになってしまう。

一体どんな勘違いが起こっているのだろうかと、三春は半笑いで返した。

「だって練間北口店のバイトなんて俺か……」

「あれあれあれあれ！　マジすかマジすか〜〜〜!!」

幻聴だと思った。

三春は鉄平へ話しかけた顔のまま、硬直する。

（そんなわけない……）

ものすごく聞き覚えのある声だが、彼なわけがない。

（カイザー君は、あのコンビニにいるはずで……いや、違う……新しい仕事が決まったって……言ってて……）

不穏な心臓の音を聞きながら、三春はゆっくりと振り返っていく。

そういえば、彼が言っていた『内定』とは、どこのことだったのか。

「三春パイセンじゃないスか～！　ディスティニーオブディスティニー！」

そこには、こっちを指さす黒いサンタ服のカイザーの姿があった。

「……カイ……ザー……くん……」

三春は呆然とした。

（なんで、カイザー君が、ここに？）

いや、自分にはバイト時代の同僚に見えているだけで、究極の他人の空似かもしれない。ありうる。がっかりプレゼントを選ぶために頭に針を刺しすぎて、幻覚を見るようになってしまったのかもしれない。

「シクヨロ～っス！」

空しい期待をして現実逃避しようとしたが、カイザーは肩を叩き、実体があることを容赦なく三春に突きつけてきた。

「本物!?　ど、どうやってここへ!?」

「えっ俺っスか？　俺は……」

カイザーは両手を持ち上げ、一息に答えた。

「なんか黒いサンタがメリクリでグァーっなってヤッベェーって感じで、マジヤベーってなってフカフカサイコー！　って……今っス～～!!」

「本物だ！　その説明能力のなさ、間違いなく本物だ！」

三春は強張った顔で叫ぶ。この業務が滞らざるをえない説明能力のなさ、一緒に働いていた時の既視感しかない。

「彼が練間北口店の同僚？」

隣で三春とカイザーを見ていた鉄平が、声をかけた。

「あ、いや……」

三春の中で同僚と認めたくない気持ちが先行したが、カイザーは笑いながら肩を組んでくる。それを見て鉄平が一歩下がった。

「そうか……じゃ、あとはエリートのお二人で。凡人は失礼します」

頭を下げて去っていってしまう鉄平の後ろ姿を見送りながら、三春はすでにこの場で泣きそうだった。

（露骨すぎ……！）

エリートって、皮肉すぎるだろ、と三春はショックに肩を震わせた。そんな言い方をされるくらいなら、いっそ直接的な物言いで笑われた方がまだマシだ。仲良くなれていたと思っていた鉄平に言われたのが、また堪えた。

「センパイ〜、何スかその目〜、楽しい三年間の相棒に〜！」

三春はくっついてこようとするカイザーを払いのける。

「やめろって」

周りに知り合いと思われたくないのに、カイザーは長年の友人のようにがっちりと抱きついて、三春を逃がすまいとする。

「アハハハ〜、センパイ〜！」

「ちょ、もぉ、放せよぉっ！」

せっかくあのコンビニも辞めて、ここで素晴らしい仲間たちもできたのに。

北極まで来て、この同僚から逃げられないなんて、そんな悲劇があるだろうか。三春は新しい職場の先行きが急激に不安になっていった。

＊　＊　＊

サンタクロースハウスの廊下を、黒いブーツがゆっくりと歩いていく。

クネヒトは自分の書斎へ向かいながら、今年のトナカイ試験について考えを巡らせる。

（さて、どうなるかな……）

鉄平にトナカイ試験の用紙を渡しておいたから、三春にも話は届くはずだろう。そしてトナカイを目指すことになれば、遅かれ早かれここで彼――鬼門の同僚である田中皇帝と再会することになる。

三春にとっては理想の職場ではなくなるかもしれないが、あくまで自分がリボンをつけてプレゼントをしたのは、内定という環境だけだ。

（人事として押しつけたい部署もあるけど、黒いサンタクロースとしては――）

クネヒトは見えない顔で静かに笑う。

（彼自身の望みが聞きたいからね）

そこでふと歩みを止めた。微かな気配を背後に感じて、クネヒトは振り返った。

廊下の奥、床を走り去っていったのは、小さなネズミたちだった。

「…………」

＊　＊　＊

やっとカイザーを振り切って、三春はトナカイ試験の受付窓口へやってきた。広い聖堂のようなその場所には、中央に赤と緑の屋根をした小屋が設置されており、そこに社員のサンタたちが並んでいた。あれが窓口だ。

「お願いします」

「はい、オッケーよ。試験頑張ってね」

申込用紙を提出した鉄平が、軽く頭を下げる。

「ありがとうございます」

小屋は七角形の円柱になっており、それぞれ七つの面に、赤いカーテンで目隠しした窓口が作られている。その一つで手続きをし終えた鉄平は、やってきた三春に気づいて声をかけた。

「申し込むんだろ、ほら、ここで書いて」

今まで通りに振る舞ってくれることに三春はほっとし、頷き返す。

窓口の一つの前に立つと、用紙を手に取って記入していく。氏名や年齢など、履歴書とほぼ変わらない。

「……ん？」

そこで三春は、職歴の欄とは別に、ポーソン練間北口店のバイト経験を記載する箇所があることに気がついた。ご丁寧にも、名札まで併せて提出するように書き添えられている。

「…………」

三春は眉を寄せる。申込用紙にまで書かれているということは、鉄平の言っていたことは、まさか本当なのだろうか。ポーソン練間北口店出身者が、トナカイ試験で優遇されるという謎のルール。

「なんでまた……」

「なぁに、坊やもバイトしてたの？」

窓口のカーテンの中から、大人の女性の声が響いた。シルクの手袋と、指輪をはめた手だけが覗いた。

「でも残念ながら普通のポーソンじゃだめよ。練間北口店じゃなきゃねェ」

やっぱりそうなのだ。三春は申込用紙を書きかけのまま、一体どういうことなのか考える。受付係は沈黙を気にした様子もなく、話を続けた。

「それに今年はもう一人、申請が来てるし」

「それって、金髪の……？」

おそるおそる三春が尋ねると、受付係は声を大きくして答えた。

「あーっ、そうそう！　彼有望よォ。何でも唯一の同僚が全然働かなくて、ずーっと尻拭いさせられていたんですって！」

「はぁっ？　……何それ、俺のこと……？」

思わず言葉が口をついて出た。受付係は笑い交じりの声音で続ける。

「あなたのことだったの？　確かにあなた……ボーっとしていて全然使えなさそう～」

「いやそれ……俺じゃ……」

三春は否定しようとして、よく似た状況がフラッシュバックした。

『カイザー君のせいにするんじゃない』

聞く耳を持たない店長の声。そしてルール違反の弁当を頬張りながら、カイザーが言う。

『良い子が褒められるのって小学生までっスから』

そのせせら笑う声が頭の中に響いた。

「……っ」

三春が過去を振り払おうとした時、後ろから現実の声が聞こえてきた。すでに申し込みを終えた同僚たちが、三春を見ながら囁き交わす。

「……アイツ、漫画読んでるだけで時給もらってたんだって」

「毎回、弁当のマヨネーズ、チンして爆発させるんでしょ？」

（は……？）

振り向けなかったが、三春は自分のことを言っているとわかった。

（何言ってんだよ、それは）

それは全部……。

「醬油とソースも常習犯らしいよ」

「マジで？　箸でゼリー食べるんだって～」

くすくすと笑いが漏れ、そしてはっきりと聞こえるように言われた。

「毎食、廃棄弁当食べてるらしいぜ」

それらは全部、カイザーがやっていたことだ。

三春は怒りと羞恥で、顔が熱くなった。

どうしてこんな誤解が広まっているのか、考えなくてもわかることだった。カイザーが、コンビニバイト時代のことを、そう周りに言いふらしているのだ。

ふざけた同僚だと思っていたけれど、ここまで最低なことをするとは思っていなかった。

三春は奥歯を噛み締める。

ようやく自分の世界は、うまく回り始めたと思っていたのに。

(また、あの日々に戻るのか)

世界中から、不採用の通知を突きつけられているみたいな、あの日々に。

「……っ」

用紙を突き返すと、三春は踵を返して窓口から駆け去った。

「三春さん！　どこ行くんだ」

後ろから鉄平の呼び止める声が聞こえてきたが、かまわず廊下へ飛び出していった。

自分の部屋が見えてくると、三春はずっと堪えていた感情が口から溢れ出た。

「俺かよ！　全部お前だろッ!!」

扉に拳を叩きつけ、三春は吐き出す。

「なんでお前がまたここにいんだよ！　せっかく充実してきたってのに、お前のせいで全部台無しじゃん！」

三春は肩で息をする。ポーソン練間北口店出身者が本当にここではエリート扱いされているなら、カイザーはそれをわかって自分が先に言いふらしたのかもしれない。このままでは、北極に来てまで、あの同僚に利用される日々だ。

クリスマスの主役になると誓ってここで働き始めたのに、今度こそ本当に、夜景役になってしまう。

「…………」

廊下に立ったままでいることに気づき、三春はドアノブに手を掛けた。ともかく自分の部屋で、少しでも頭を冷やそう。そう思って中に入った途端――

「センパーイ！　お邪魔してま――す!!」

元凶がそこであぐらをかいて待っていた。

「なんでお前がいんだよ!!」

三春は自分の部屋でくつろいでいるカイザーを見て、叫んだ。

「面白いＤＶＤ持ってきたんスよ～」

カイザーは厚顔無恥(こうがんむち)な笑顔で、ケースに入ったＤＶＤを三春に見せる。三春が玄関に立ち尽くして言葉を失っている間に、カイザーは三春の部屋のものをあちこち漁(あさ)り始めた。

「あれ、何スかこれ」

カイザーが手に取ったのは、小さなフタのついた箱だった。

（！　母さんからのクリスマスカード！）

毎年母からは、クリスマスのメッセージカードをもらっていて、それを仕舞った箱だった。三春は慌てて部屋に上がろうとするが、ブーツを脱ぐのに手間取る。

「うぅわ～すっげー、いっぱいある～!!」

制止する前に、カイザーは中を開けて手紙を取り出していた。

「もしかして、彼女からっスか?」

にやけた顔でそう尋ねてくるカイザーに、三春もさすがに堪忍袋の緒(お)が切れた。

「うるさい、出てけ……」

本気で怒っている時の三春の声を聞いて、カイザーは箱から手を離した。

「あれあれあれ……マジすか」

唇をとがらせ、カイザーは腰を上げる。

「じゃあ………志乃ちゃん、俺の部屋で二人きりスけど、いいスか?」

入り口からは見えなかったが、部屋にはカイザーだけではなく、志乃の姿もあった。肩に手を置かれた志乃は、困ったように三春とカイザーを交互に見た。

「私、二人が友達だっていうから……」

三春は慌てて割って入った。

「ちょちょちょ!?」

「じゃあ先輩、グンナイっス～!」

「わかったわかった！　わかったから……戻って……」

　志乃と一緒に去っていこうとするカイザーを、三春は仕方なく自分の部屋に引き戻した。背に腹は代えられない。

（けど、あんなかわいい彼女がいながら、志乃ちゃんにまで手を……！）

　どう考えても納得がいかず、三春はぎりぎりと歯を噛み締める。

「あ、そうだ！　ＤＶＤ！」

　さっきまで三春にキレられていたことなどけろりと忘れて、カイザーは手を打った。テレビの前に陣取ると、勝手に三春のプレイヤーをいじり始める。

「何持ってきたんだよ……」

　にやにやしながらＤＶＤを入れるカイザーを見て、三春は顔をしかめる。志乃もいるのだから変なやつだったら即止めないと……と思っていたが、映し出されたものは、三春が考えていた映像のどれとも違った。

「なんだこれ？」

　映し出されたのは、斜め上からのアングルの店内だった。四つに分割され、別角度からの店内も一度に見えるようになっていた。

「……監視カメラの映像？　あ、もしかして練間北口店？」

「おっ、志乃ちゃんアタリ～！」

三春は怪訝として、カイザーの方を見る。

「ていうか何？　ずっとこの映像を見せたいわけじゃないよね？」

店の監視カメラを見せることが目的ではないことくらい、さすがに三春にもわかった。

カイザーにどんな魂胆があるのかどうしても勘ぐってしまう。カイザーは笑みを浮かべたまま、あぐらの膝に頰杖をつく。

「本当にこれ見せられてないんスね。俺ここに来て一番はじめにクネヒトに見せられたっスけど」

「クネヒトに？」

三春の頭に、あの黒いサンタの〝顔〟が浮かぶ。

「はい。……あっ、そろそろ見どころっスよ！」

カイザーがテレビを指さすと、カウンターにいる制服を着た店員が映った。

「あ、俺もいいんじゃん」

「ふぅ～懐かしいっスね～」

監視カメラの映像の中、レジに立つ三春の後ろで、カイザーは弁当を食べてサボっている。心当たりのある夜勤の風景で、三春はこれがフェイクなどではないとわかった。

「こんな映像、どうやって手に入れたんだよ……」

呟いている間にも、店には次々客が入ってくる。レジに立つ三春に、弁当を手にした客が食ってかかる。

「あ、やだ、俺、客にめっちゃ怒られてる！」

「そんなんパイセンの日常じゃないっスか～」

すかさず失礼なフォローを返し、カイザーは映像を眺め続ける。ものの数分の間にコンビニの売り場は人で埋まり、どの客も対応している三春に鬼気迫る顔で詰め寄ってくる。

「……ちょ、ちょ、ちょ、ちょ」

二人の横では、映像を見ていた志乃が、絶句していた。

「どうしたの志乃ちゃん？　唇とんがってるよ？」

「ちょっと待って、これが北口ポーソン!?　え、これ、普通の日ってこと!?」

志乃は引きつった顔で、反応の薄い三春とカイザーを見る。画面に映っているのは、もはや〝混んでいる〟や〝クレーマーが来ている〟などというレベルの店内ではなく、大勢の人間がレジに向かって襲いかかってきているような風景だ。

「もしかして暴動があった日？」

震えながら尋ねる志乃を見て、三春は首を傾げた。

「は……？　あ、そっか。女の子だと深夜コンビニとか行かないもんね」

　暴動、などと突然口にした志乃を不思議に思ったが、三春は笑って教えた。

「これ普通だよ」

「えっ？」

「深夜二時から四時くらいまでかな。だいたい毎日こんな感じ」

「ブフウッ!!　いやこれが全然、普通じゃないらしいっス！」

　横で三春の説明を聞いていたカイザーは噴き出した。

「深夜って客来ないから、基本掃除とか品出しとかでヒマすぎて眠気との戦いらしいっスよ！」

「え……何言ってんの？　店長うちはまだマシな方だって……」

　笑い転げているカイザーと画面から流れ続ける映像を見比べ、三春は混乱する。志乃はまだテレビを見つめたまま、固まっていた。

「……これを三年間も……あ！」

　流れていた映像が、そこで変化した。志乃の声に気がついて、三春も顔を向ける。

「え？」

　さっきまで怒りをあらわにレジに詰め寄っていた客たちが、一斉に静まり返っていた。

レジカウンターに三春やカイザーの姿もない。

「……え？」

カメラの方を見ている客たち全員と、目が合った。画面の中の彼らが、せーの、と息を合わせた。

『カイザー君、三春君！　ポーソン卒業おめでとう～～！』

他人同士のはずの客たちが、にこやかに拍手を送る。その中には、三春を叱ったあの店長の姿もあった。中々終わるタイミングの来ない拍手を「やかましい！」と一喝して、店長は表彰状を持って喋り出す。

『三春君……三年もよく頑張ったねぇ。えー、全ての課程を修了したことを、ここに証明します。ポーソン練間北口店、店長』

そこで、言葉を区切る。

『もとい、サンタクロースハウス養成所所長、吉川輝』

（サンタクロースハウス、養成所……??）

理解できない三春を置き去りに、店長は感慨深く語りかける。

『いやぁ、三春君、君はね……今までで一番タフな卒業生だったよ。ぜひねぇ、ここでの経験を生かして、子供たちのために、サンタクロースハウスで頑張ってください』

またひとしきり、映像の中から歓声が上がり、クレーマーだと思っていた客たちからエールを送られる。

「…………」

三春は、呆気にとられたまま、その映像を見ていた。

ありふれた日常を送っているのだと思っていた自分の人生は、一体どこから、このサンタクロースハウス——いや、黒いサンタ・クネヒトによって、変えられていたのだろうか。

＊　　＊　　＊

深夜、トナカイ試験の受付窓口は、誰もいないかのように静まり返っていた。

だが聖堂の壁や床には蠢く小さな影があった。

ネズミだ。

ぽつんと明かりのともった窓口の小屋を目指して、ネズミたちは不気味な鳴き声を立てて集まっていく。いつの間にかその数は、床を埋め尽くすほどになっていた。

「おいで息子たち」

そのネズミたちを呼ぶ声が響く。

赤いカーテンの間から、白い手袋をはめた手が現れた。その手は、指の間に挟んだ一枚のカードを、ぽとりと床に落とした。

「よーく匂いを覚えて、ちゃんと見張るんだよ……」

床に落とされたのは、ポーソンの名札だった。そこには金髪の顔写真と、田中皇帝の文字が印刷されている。極上の餌を与えられたように、その名札をネズミたちが取り囲む。

闇の中、笑みを滲ませた声が呟いた。

「万が一にも……赤いサンタになれるような子が、また現れたら困るからねェ」

カイザーの名札に群がったネズミたちは、その無数の瞳を光らせた。

＊　＊　＊

その夜、三春は布団に横になっても、少しも眠れる気がしなかった。

暗くなった部屋で寝転がったまま、自分のポーソンの名札をかざす。

「頼んでもねぇのに育成しやがって……」

まさかあの何の変哲もないコンビニが、このサンタクロースハウスが用意した養成所だったとは。そうとも知らず、あの地獄の勤務を三年間も耐え抜いてしまった。

「三年……親父のせいだよ、この名前」

『三春って名前は、三回春を待つって意味があるんだ』

幼い頃、父はいつも、三春を膝に乗せてその話をした。小さく溜息をついた時、窓から差し込む光が月の色合いではないことに気がついた。

布団から身を起こすと、窓の外で空一面に緑がかった光の波が輝いていた。

「すげ、オーロラじゃん……」

ここへ来て氷山は見慣れたが、オーロラを見るのは初めてだった。平凡なアパートの窓から、極光の揺らめきが三春の顔をほのかに照らす。

「…………」

三春は部屋の床に座ったまま、その夜空をただ黙って眺めた。

『……いいか、三春』

父の記憶は、もうおぼろげにしか残っていない。でもいつも着ていた配送会社の制服や、頭を撫でる大きな手の感触は覚えていた。

それから、繰り返し話してくれた、我が子につけた名前の話。

『これから先、三春が辛いなと感じた時に、思い出してほしいんだ』

膝に息子を座らせて、父は優しい声で語りかける。

『三春って名前は、三回春を待つって意味があるんだ。寒い冬かもしれないけれど、三度目の雪が解ける頃には……きっと景色が変わってるから』

その時は、幼い三春には何を言われているのかよくわからなかった。ただ父が亡くなった後も、辛い時や悲しい時は、その言葉を思い出していた。

一回だめでも、二回だめでも投げ出さず、もう一度立ち上がる。

そうして景色が変わったと思ったら――。

『景色が変わったと思ったら、それはお前が変わったってことなんだぜ』

父は笑って、幼い息子の頬に触れた。

「なんで親父のことなんか思い出すんだ……」

空に浮かぶオーロラを見つめながら、三春はぽつりと呟いた。それから、自分の言葉を胸の中で言い直す。

（いや、そうじゃなくて……）

自分は何かをずっと、思い出せていない気がする。

十九年前のクリスマスの夜。星明かりの差し込む子供部屋。プレゼントを届けにやってきたサンタクロースと、それから……。

四章
chapter 4

朝のサンタクロースハウスに、アナウンスが流れる。

『まもなくトナカイ試験を開始します。申し込みがお済みの従業員は、学科棟学習室まで集まってください』

他の受験生と同じように学習室の席についた三春は、緊張した面持ちで周囲を見渡す。どの社員も自分より有能そうに見えて、自然と大学受験の時の記憶と重なった。

「三春さんは、本当に練間北口店出身だったんだね」

隣に座った鉄平が、そわそわしている三春に声をかけた。三春は頷きかけたが、カイザーが周りの社員に吹聴した噂を思い出し、苦笑いにとどめた。

(ああ……俺のこと、使えない方のポーソン出だと……)

「逆なんでしょ?」

三春の思考を遮って、鉄平は言った。三春は顔を上げる。

「ポーソン出にも見えなかったけど、人が忙しく働いている横で座ってるようにも見えなかった」

「鉄平君……」

鉄平は微かに笑みを浮かべて、頷き返した。

「三春さんなら絶対大丈夫」

「みんなで受かろう！」

反対側から、志乃が笑顔で宣言する。三春は二人も、あのくだらない噂話を信じて、自分から距離を置くのではないかとびくびくしていた。

（すごい……バリアみたいだ）

三春は二人からかけられた言葉と笑顔に、温かいものが胸に広がっていくのを感じた。信頼する友達が味方でいてくれるというだけで、こんなにも心強い。

（嫌なこととか、カイザー君のこととか入ってこなくなる。そうだ……今はトナカイになることだけを目指して……）

「はーい、みんな座って～～～!!」

三春が穏やかな心境を取り戻すと同時、その平穏をぶち壊す声が響いた。

学習室に入ってきたカイザーは教壇に上がると、すでに全員着席している受験生を見渡して叫んだ。

「はいそこ座って～、座ってぇ～、もう座れってぇえ～座……座ってた！」

三春は白けた視線で、檀上でポーズを決めるカイザーを見つめる。カイザーはチョークを手に取ると、黒板に名前を書き始める。

「教官の、田中皇帝、でぇ～す！」

その言葉で、三春は現実に引き戻された。

「教官ッ!?」

よろしくでぇーす、と髪を掻き上げて、カイザーは無駄に通る声を張り上げる。

「えーでは、トナカイ試験の説明するっス～！」

「………………」

カイザーに対し、その説明能力の無さには絶大な信頼のある三春は、始まる前から心配になってくる。

黒板には、『①トナカイ適性試験』↓『②トナカイ実技試験』↓『トナカイ』の文字が並び、カイザーはそれを持ってきた教鞭で示した。

「トナカイになるためには、今から受ける適性試験と、実技試験があるっス。え～我々、教習所の教官は、適性試験がパスされるため～実技試験のみとなります！」

「えっ」

つまりカイザーは②のトナカイ実技試験から始められるということだ。三春が、ずるっと思って眉を寄せると、カイザーはさらに追い打ちをかけた。

「適性試験で半分まで絞るんで、通れなかった人たちはまた来年、頑張って～！」

「いきなり半分!?　きっつ……」

思わず声に出した三春を見て、カイザーは笑って励ましてくる。

「先輩、落ちないといいっスね……大学みたいに！」

（くそやろォオ!!）

相変わらず今かけてほしくない言葉を、これみよがしにかけてくる男だった。三春は拳を震わせる。

（だめだ……平常心平常心、俺には仲間が……）

そう念じて隣を見た三春は、鉄平が顔を曇らせているのに気づいた。鉄平は三春の視線に気づいて、ぼそりと告げる。

「……俺は去年、ここで落ちたんだ」

搔き集めたなけなしの三春の平常心は、その言葉で消し飛んだ。

（完璧超人の鉄平君が落ちるテストに、俺が受かれっかよ!!）

「ではさっそくテスト、開始っス～！」

すでに三春は逃げ出したい気分になっていたが、カイザーはこういう時だけ手際良く物事を進めていく。

「適性試験は……サンタさんと……」

言いながらカイザーは、教壇の端に置かれていた、大きな布のかかったものの前に立つ。

三春もその下に何があるのか、ずっと気になってはいた。

覆(おお)っている布を、カイザーは思いっきり引いた。

「腕相撲(ずもう)対決だ!!」

布の下には、作り物のサンタクロースが台に肘(ひじ)をつけて片手を差し出している腕相撲マシンが置かれていた。

「いや何の適性見つけるつもりだよ!」

つまり適性試験というのは、ただの筋力テストということなのか? 三春は首をひねる。

目的がまったく読めないまま、トナカイ試験は開始された。

「うぅっんんん!!」

何人かの受験者の後、腕相撲マシンに志乃が挑戦していた。普段魅力的な瞳を今は白目を剝(む)き出しにし、荒い鼻息を繰り返している。可愛(かわい)らしさの一切をかなぐり捨てて、志乃は腕相撲マシンに挑んでいた。

(すごい……俺なんて変顔さらすのが怖くて、握力計すら本気で握れなかったのに)

その様子を見守りながら三春は、中学高校時代のみみっちい自分の心理を思い返す。志乃は本気なのだ。本気で、トナカイ試験の合格を目指している。

だが結果は死力を尽くしたものの、サンタに勝利することはできなかった。

「はい負けー！　残念～!!」

「はー……はー……緊張したぁ……」

ぜぇぜぇと息を荒らげて、志乃は力を出しきった顔でマシンの前から離れていく。

「次、パイセンっス」

カイザーに呼ばれて、三春は唾(つば)を飲み込んだ。

「お、俺か……」

前へ進み出ていく三春に向かって、まだよれよれの志乃と、これから挑戦する鉄平が背を押した。

「三春君、頑張ってね」

「頑張れよ」

応援する志乃と鉄平に頷き返すと、三春は息を吸い込んだ。

サンタ人形の手へ、自分の右手を伸ばす。

(大丈夫だ……これでも俺は、力には自信がある)

三春の脳裏を、バイト時代の経験が駆け巡っていく。二リットルペットボトルも酒瓶(びん)も、どんな重たい品出し作業も三年間、全て一人でやってきたのだ。忙しく立ち働くその後ろでは、いつだってカイザーがもりもりと弁当を食べていた。

硬い人形の手を、三春はしっかりと握りしめた。

(あの三年間は絶対に無駄じゃな――――)

言い終わる前に、三春の体は空中に投げ出されていた。

一瞬で視界が回る。腕を倒された力で三春は横にひっくり返り、勢いよく床を転がった。

そのまま、壁際に積まれていたプレゼントの箱に激突する。

「え……?」

散らばったプレゼントの中で、三春は倒れたまま呆然とする。

「え? 何が起きたんだ……? あ、俺、倒れてんの?」

ようやく自分の状況を理解した三春を、カイザーが指さして笑った。

「先輩パネエ~!! アヒャヒャヒャ!!」

その笑い声を引き金に、周りからもどっと笑いが起こった。三春は、あちこち痛み始めた自分の体よりも、心のダメージの方が大きかった。

これ、絶対落ちたわ……。

三春はすでにトナカイ試験の脱落を悟った。

適性試験の合否は、個別にクネヒトから伝えられることになっていた。

「失礼します……」

その書斎の扉を開けながら、三春は何度目かの溜息をついた。

（難しい試験とは聞いていたけど……）

適性検査で、あそこまで派手な負け方をしていたのは、自分しかいなかった。結果はクネヒトからわざわざ聞かなくても、教官であるカイザーの爆笑が物語っているのではないだろうか。三春はすでに気が重かった。

正直、自分が九人しか選ばれないトナカイ試験に合格するとは思えなかったが、あの三年間のバイトを無駄にしないと誓ったし、何よりポーソン練間北口店出身の枠を利用して、カイザーだけが合格し、手当一〇〇〇万円を手に入れるのは許しがたかった。

（働いてたのほぼ俺だし！）

ツリーの飾られた瀟洒（しょうしゃ）な空間の中、クネヒトが座っている。相変わらず黒ずくめの衣装に、スカーフを巻いている。

その顔は、見えない。

「座ってくれたまえ」

椅子を勧められたが、三春は肩をすくめて答えた。

「いや、もういいっすよ、どうせ不合格でしょ？　すぐ帰りま……」

「合格だ」

その声に、三春は動きを止める。

「……はい？」

クネヒトは椅子から立ち上がると、語り始めた。

「実はあの腕相撲マシンは仕掛けがあってね。『トナカイ』になる適性があればあるほど、勝負に負ける仕組みなんだ。つまり、一瞬で負けた三春君は……はい」

クネヒトは三春の前までやってくると、手に持っていた用紙を渡した。

それは適性試験の、合格通知書だった。

「………」

三春はぽかんとしたまま、その用紙を受け取る。つまり、あれは腕力をテストしていたわけではなく、もっと違う基準で受験生たちを選別していたということか。用紙にはパラメータが六角形で描かれており、『注意力』や『判断力』といった項目もあった。三春のその形は申し分ない大きさだった。

「君ならトナカイどころか……きっと、赤いサンタになれるよ」

クネヒトはそう言って、壁にかけられた一枚の絵の前に立った。三春もその絵に視線を向ける。

飾られた絵は、肖像画であることはわかるが、額縁には舞台のように深い赤の幕がかかっていた。その布に隠れ、描かれている人物の顔は見えないようになっている。

だがクネヒトのコートと色違いの真っ赤な衣装を見れば、何者を描いているのか明らかだった。

「赤いサンタ？」

「ああ」

三春は訝しげに尋ねた。

「赤いサンタって、今はもうここにいないんですよね？　どこにいるんですか？」

ここへ来た時に、そう聞いていた。だから黒いサンタが、全ての仕事を請け負っているのだと。そういえば理由は聞かなかった。

どうして、赤いサンタはいなくなってしまったのか。

クネヒトは肩越しに三春を見て、呟いた。

「……君にはまだ言ってなかったね」

その静かな声音が、二人きりの部屋に響く。

「赤いサンタクロースは……死んだ。殺されたんだよ」

「え……？」

三春は声を漏らした。

（殺された……？）

物々しいその言葉は、冗談で使われているようには聞こえなかった。三春は唾を飲む。

クネヒトはゆっくりと部屋を、この建物を見渡した。

「このサンタクロースハウスにいるのは……クリスマスが大好きな者ばかりではない」

屋敷の壁を彩る金の飾り、ヒイラギやリースの緑に結ばれた、赤いリボン。そして大きなクリスマスツリー。誰もが自然と心が浮き立つような、華やかで幸福な景色だったが、それを忌まわしく思う者がいた。

「中には、クリスマスが憎くて憎くてたまらない――『ネズミ』と呼ばれる存在がいる」

三春は眉をひそめる。

「……なんだよ、ネズミって？」

「彼らはサンタクロースを、いやクリスマスそのものを心の底から憎んでいる。赤いサンタは今から十九年前……そのネズミに殺されたんだ」

クネヒトは両手を広げてみせた。その手首の枷が、鎖を鳴らして耳障りな音を立てる。

「このサンタクロースハウスは、赤いサンタの魔法で作られたんだ。……だが、赤いサンタがいなくなって、その魔法が解けようとしている」

赤いサンタを殺したのは、ネズミたちの侵攻の、始まりにすぎない。

「魔法が解ければ、プレゼントを作ることも届けることもできない。赤いサンタがいなければ、クリスマスそのものがなくなってしまうんだ」

それがネズミたちの望みだった。

赤いサンタを殺し、サンタクロースハウスを維持する魔法を解き、ネズミたちはクリスマスをこの世界から葬り去ろうとしている。

そうなれば、誰もこの日を祝わない。楽しみに待ってサンタクロースに手紙を書くことも、ツリーを飾りつけすることもない。

朝がやってきても、子供たちのもとにプレゼントは届かない。

十二月二十五日という、ありふれた冬の一日に戻ってしまう。

「三春君。君には、赤いサンタの素質が溢れている。『ポーソン』でバイトしてもらっていた時から、確信していたよ」

「……何言ってんだよ……」

クネヒトの話を黙って聞いていた三春は、声を絞り出した。

「え……不満かな？」

意外そうなクネヒトの態度に、三春は怒鳴った。

「誰が育成してくれなんて頼んだんだよ！　俺は、この三年間を無駄にしないためにトナカイになりたいだけで、命が狙われるような赤いサンタになんか、これっぽっちもなる気はない！」

何もかも、この目の前の男が勝手に仕組んでいるような気分だった。

ここへ連れてこられたのも、そもそもあのコンビニバイトでさえ、自分を赤いサンタにさせるためのものだったのだ。しかも先代の赤いサンタは、クリスマスを憎むネズミによってその命を奪われている。

そんな理不尽な役割を、押しつけられようとしている。

怒気をあらわにする三春に対し、クネヒトは小さく呟いた。

「……そんな悲しいことを言ったら、カイザー君が浮かばれないね」

「カイザー君？　なんであいつが……」

「……言っただろ」

クネヒトは三春を見下ろして、囁（ささや）いた。

「赤いサンタの有力な候補者は、ネズミに命を狙われる。カイザー君は……君の身代わりとして、ここに呼んだんだ」

「!?」

三春は驚いて、クネヒトを見返した。

「彼はコンビニ時代の君の手柄を、自分のもののように語ってたろ？　ネズミたちは今、『カイザーを排除しないと』と、思っているだろう。きっと今頃は……」

ここへ来てから——もっと以前からの、カイザーのふるまいが三春の中で一気に蘇った。

受付係にも他の社員たちにも、同僚が働かなかったと、自分の方が仕事ができるんだと、うそぶいていた。

（カイザー君は、赤いサンタの候補者がどうなるかわかってて、それを……？）

「何してんだよアンタ！」

「三春君、君には……」

クネヒトは表情一つ変えず、三春の言葉を遮った。そして自分のスカーフに手を伸ばす。

「僕の顔が、見えているよね？」

するりと、口元を覆っていたスカーフを外した。帽子の下の顔が完全にあらわになる。

ぽっかりと空洞になった、その顔が——。

ずっと、スカーフを巻いていても帽子との隙間(すきま)に顔が存在しないことは明らかだった。

だが三春には、クネヒトに対し、出会った瞬間から浮かぶはずの当然の疑問が浮かばなかった。喋(しゃべ)る袋より、魔法のサンタクロースハウスより、何より驚くはずの、顔のないサンタ。

「はぁ？　何言ってんだ」

スカーフを外し、襟(えり)から帽子まで空洞になった姿をさらすクネヒトへ、三春は目を向ける。

「そりゃ見えるだろ」

三春は、こんな時に何をふざけているのかと眉を寄せて、クネヒトの〝顔〟を睨(にら)み返す。

それから書斎を飛び出していった。

書斎に一人残されたクネヒトは、愉快そうに笑い声を上げた。

「……君だけだよ、僕の顔が見えるのは」

それこそが揺るぎようのない素質だ。

あの夜から、ずっと変わらない。

クネヒトはスカーフを巻き直すと、壁に掛けられた肖像画を、じっと見つめた。

三春は息を切らして廊下を走り、カイザーの寮の部屋を目指した。

（いい思い出なんて、一つもない……）

コンビニ時代の、頭にくる出来事ばかりが三春の中を駆け巡っていく。人が働いているそばで堂々とサボり、何度注意しても廃棄弁当を好き勝手に食べていた。それでも、そうだからこそ、三春は足を止められなかった。

カイザーの部屋が見えてくると、中からもみ合う音と叫ぶ声が聞こえてきた。三春は扉を引き開ける。

「カイザー君！」

部屋に一歩踏み入れた途端、むっと鼻につく下水の臭いと、そしてなぜか甘ったるい菓子の香りに包まれた。

（なんだ、この臭い……）

三春は室内へ目を向けて、そこで総毛立った。

黒い塊が縦横無尽に動き回っており、一体何かと思えば、それは全て密集したネズミだった。ネズミたちはカイザーの体に群がり、飢えた獣のように牙を立てていた。

「いててて！　うわ、ちょっ！　くぅ……！」

カイザーは振り払おうとしているが、ネズミに覆い尽くされて身動きが取れない。

（これが、赤いサンタを殺した、ネズミ……!?）

三春はさっきクネヒトから聞いた話を思い出す。赤いサンタになりうる有力な候補者を、ネズミたちは再び亡きものにしようと襲ってくる、と。もしカイザーがいなかったら、こうなっていたのは自分の方だったのだ。

（一つもいい思い出がないクソ野郎が、俺の身代わりになって死ぬ……）

三春は歯を噛み締めると、そばのキッチンにあったフライパンを手に取った。

「そんなことになったら……このクソ野郎が、一生忘れられない思い出になっちまうじゃねーか!!」

三春はフライパンを振りかぶると、ネズミと戦うカイザーの方へ飛び出していった。

「カイザー君！」

今助けるから！　そう思ってネズミに立ち向かった三春だったが、フライパンを振り下ろす前にネズミたちの群れに飲み込まれた。

「うわぁああ!!」

何の反撃もできないまま、三春はネズミたちの塊に吹っ飛ばされた。壁に激突し、そのまま呆気なく床に伸びる。

「ありゃ〜〜先輩、来てくれたんスか〜?」

ネズミの鳴き声と甘ったるい下水の臭いが満ちる自室で、カイザーは倒れている三春を見て目を丸くした。

「パイセンは安全なところにいてくれないとダメっすよ」

三春にぶつかって一度散り散りになったネズミたちが、また集まり始める。カイザーは床に落ちたフライパンを拾い上げた。

一匹のネズミが、身を屈めた隙をついて、カイザーの喉笛めがけて飛びかかってくる。カイザーは握ったフライパンを、鋭く振り抜いた。ネズミは叩き飛ばされ、消えていく。

「フゥ〜!　こんなザコキャラ、俺一人でヨユーッスよ!」

カイザーは部屋に残るネズミの群れを見渡す。統率のとれた動きで襲ってくるネズミの一団を、次々と仕留めていった。

残るネズミと応戦しながらカイザーは、いまだに失神したままの三春に笑いかけた。

「つか、俺みたいのを助けに来るとか、五年前から何も変わんないっスねー」

あれだけ嫌な同僚を演じてきたのに、結局また駆けつけられてしまった。カイザーは自分が握るフライパンを見て、苦笑する。いつだって、まさか助けに来るとは思わない状況でこの人は現れるのだ。
　カイザーはあの日の——五年前のポーソン練間北口店での出来事を思い返す。

＊　＊　＊

　二月半ば、ポーソン練間北口店に、高校の制服に身を包んだ少年がやってきた。

　これから大学受験に臨む、十八歳の日野(ひの)三春だ。電車の遅延や乗り間違えがあってはいけないと早めに家を出たせいで、練間駅に到着したのはずいぶん早い時間だった。

　先に昼食を買っておこうと、三春はコンビニを探した。そしてすぐそこに見えた、ポーソンに足を向けた。

　入ってすぐ、三春はこのコンビニがおかしいことに気がついた。

「え……何？」

　店内を見渡し、立ち尽くす。

　普通なら、多種多様な商品が並べられているはずの棚の全てが、苺(いちご)大福に覆われていいたのだ。

「なんで苺大福⁉」

コンビニそっくりな外観の大福屋に入ってしまったんだろうかと、三春が外の看板を確かめようとした時、どこからか声が聞こえてきた。

「あー……」

見ればレジカウンターの中に、店員が座り込んでいた。三春と変わらない年恰好に見えたが、疲れきった表情に少年らしさはない。髪色が明るい分、その顔色の悪さが際立った。名札には、『田中皇帝』と書かれていた。

「お客さんっスか」

カイザーは顔を上げて、入ってきた三春を見る。

「……あの、ここコンビニじゃ、ないんですか？」

三春がおずおずとそう尋ねると、カイザーは力なく笑った。

「ハハ……コンビニっスね～……発注ミスで、苺大福を五〇〇〇個入荷しただけの、フツーのコンビニっスね～」

「五〇〇〇個⁉」

とんでもない数字に、三春は思わず聞き返した。改めて、店を埋め尽くしている苺大福を一瞥（いちべつ）し、昼食は別の店で買うしかなさそうだ、と判断する。

「……あ、すみません俺……おにぎり欲しかっただけで……今日受験で急いでるんで」

「あるっスよ」

カイザーは棚を指さした。

苺大福の後ろには、当たり前と言えばそうだが、いつも通りのコンビニの商品が並んだままだった。カイザーは三春の要望を聞いて、迷いなくおにぎりやサンドイッチを探し出してくる。

カイザーにとって、コンビニはもう家みたいなものだった。少しでも稼がなければとシフトを増やしていくうちに、気づけば悲しいほど勝手知ったる場所になってしまっていた。

「…………」

慣れた動きでレジを通しながら、カイザーは目の前に立つ三春を眺める。

さっき受験だと言っていたから、高校三年生なのだろう。いかにも『良い子』という雰囲気の三春からは、自分のような苦労を重ねてきた気配がしなかった。カイザーはその学生カバンにつけられたお守りを見て、目を細める。

（はぁ～～、ムカつくなぁ……親の金で受験して、たとえ落ちても当然のように来年受験できると思ってる、お坊ちゃんが）

そこでバックヤードの扉が荒々しく開いた。足早に入ってきた相手を見て、カイザーははっとして駆け寄った。

「あ、店長」

「貴様……発注どうなっているんだ」

すでにブチ切れている店長は、低い声でカイザーに凄んだ。

「大福五〇〇〇個、責任取れるのか」

「いや俺じゃないっスよこれ……たぶん、稲穂さんが……」

「貴様!! いなちゃんのせいにするんじゃない」

カイザーはその声に身をすくませる。人のせいにするなと叱責されると思っていたが、店長は真顔のままカイザーに言う。

「いなちゃんはなぁ…………顔が可愛いだろ」

本来なら『優秀だからこんなミスはしない』とか『誠実だから正直に報告してくる』とか、そういう言葉が続くべき場面で、店長は頑なに繰り返した。

「すごく、すごく可愛いだろ、顔が！ 顔が！ 顔が！ ……そういうことだ。いなちゃんはそんなことをするわけがない」

いつもなら適当に「そうっスね」と相槌を返すが、今はそういうわけにもいかず、カイザーはなんとか自分の言い分も聞いてもらおうと食い下がる。

「……いやぁたぶん、俺が、稲穂さんの機嫌を損ねちゃって……」

「いなちゃんはぁッ」

カイザーが最後まで言い終わる前に、店長は一喝した。

「顔が、可愛いだろ。すごく、可愛いだろ。顔が……！」

『顔が可愛い』ただそれのみが、この店長において免罪符であり真理だ。

「話は以上だ」

「ちょっ」

言うだけ言ってカウンターから出ていってしまう店長を、カイザーが慌てて引き留める。

店長は振り返ると、胸を張って言った。

「私はなぁ！　はっきりと、彼女を贔屓してるんだ。彼女に比べたら……貴様は控え目に言ってゴキブリだ」

唖然とするカイザーに向かってさらに吐き捨てる。

「大福五〇〇〇個、全部売るか、貴様が全部買い取りだ」

「いや、店長……店長！」

呼び止めるが、店長は出ていってしまう。カイザーは頭を抱え、溜息をついた。

「はぁ……何だよ、それ……」

「……あ、すみません……飲み物も」

三春は気まずそうに小さな声でそう言うと、そそくさと飲み物の入った冷蔵庫へ向かう。

もう一度カイザーは深く溜息をつく。全部なんて売れるわけがない。買い取りになれば、一体いくらになるのか……。

そう暗澹と考えていたカイザーのポケットで、スマホが振動した。

早朝の電話。嫌な予感がして着信相手を確認すると、やはり母からだった。まだ飲み物を選んでいる三春を一瞥して、カイザーは電話に出る。

「……もしもし」

「アーッ、カイちゃん！　ママの借金ちょっとずつ返してくれて、ありがとう〜〜！」

鼓膜を破るような甲高い声が、スマホから聞こえてくる。酒を飲んだ時の母親の声だと、すぐにわかった。

「お……おふくろ、今どこに？」

「今？　ダーリンのお店！　昨日からオールで、たぁっくさん飲んじゃったの〜」

母親が『ダーリン』と呼ぶのは、入れ込んでいるホストのことだ。しまった、バレンタインだと気づくがもう遅い。カイザーのスマホを持つ手が震えた。

「そんなお金、どこに……」

「だからカイちゃん、またお願いね〜？」

母親もまた、カイザーの訴えを最後まで聞くことなく、甘えた声で言い渡す。

「ちょっ……ちょっと、おふくろ！」

一方的に電話は切れた。カイザーはスマホを握りしめたまま、ぐしゃりと自分の髪を摑む。

「なんで俺ばっか……」

カイザーはカウンターの中に立ったまま、理不尽に背負わされ続けるものに、押しつぶされそうになっていた。

（真面目にバイトして、寝て起きたら、借金が増える……）

誰も助けてくれない。

顔を上げると、ペットボトルを小脇に抱えて、三春はスマホで棚の写真を撮っていた。

コンビニが苺大福で埋まっているのは、他人事ならさぞ面白いことだろう。

気楽そうに笑う三春を見て、カイザーは顔を歪めた。

（……あいつには、そんな経験なんて……）

唇を嚙んでうつむいた手元には、ビニール袋に入れたおにぎりやサンドイッチがあった。

そして、レジ横にもうず高く置かれた苺大福が、カイザーの目に留まる。

「………」

カイザーは、その苺大福に手を伸ばした。わし摑みにしていくつも袋の中へ突っ込むと、素早く苺大福分の値段をレジに打ち込んだ。

飲み物の会計をＩＣカードのタッチで済ませると、三春は小走りに店を出ていった。

店に一人になった途端、カイザーは自分のしたことを悔やんだが、もう取り返しがつかなかった。

店のガラス窓の向こうで苦悩する少年の姿を、黒い影が看板の上から眺めていた。

「フフ……悪い子見～っけ」

クネヒトはカイザーを見ながら、楽しそうに囁いた。


練間大学の試験会場で、三春は休憩時間を迎えて、大きく息を吐き出した。何か食べようと、さっき買ったコンビニの袋をカバンから引っ張り出す。

袋を開けた途端、三春は目を剝(む)いた。

中には、大量の苺大福が入っていた。

「……はぁっ⁉」

三春は慌てて、一緒に突っ込まれていたレシートを確かめる。すると自分が苺大福を十個買ったことになっていた。

（信じらんねぇ！　勝手に買わせるか普通⁉）

「ねぇちょっと君、この苺大福……」

「あっすみません」

三春は机の上に広げているのを注意されたのかと思って、謝って顔を上げた。

そこには、若い女性の試験監督が立っていた。はっと目を引く美人で、三春は急に話しかけられて、どぎまぎする。彼女は軽く笑って尋ねた。

「じゃなくて、これ……北口ポーソンで買ったの？」

「え、そうですけど。なんで知って……」

不思議がる三春に、彼女はさらりと明かした。

「私昨日まで、そこでバイトしてたのよ」

その美人は、三春の前にある苺大福の一つを手に取る。それから目を細めて、ぼそりと呟く。

「……本当に五〇〇〇個入荷したんだ。ジワるんだけど……」

　くすりと笑った後、美人の試験監督は、嬉々として三春に聞いた。

「ねえ、金髪の店員いなかった？　困ってたでしょ～」

　三春は、その綺麗な顔をもう見ていなかった。首から下げた名札の方へ目を向けると、

『赤井稲穂』と書かれていた。

『いや俺じゃないっスよこれ……たぶん、稲穂さんが……』

　あの店員が言っていたセリフが三春の頭をよぎっていく。

（ああ……そっか）

　何が起こったのか、三春は理解した。

「ねぇコレ、写真撮っていい？　めっちゃ面白いわ！」

　三春は笑いながらスマホを取り出す女性を見る。どうぞ、と言うと彼女はパシャパシャとシャッターを切り、ＳＮＳに投稿した画面を眺めていた。

「………………」

　三春の中で、まるで悪びれた様子のないその笑顔と、途方に暮れる店員の少年の顔が浮かび、消えていく。

　まるで天災のように、悪意ある人間に出会ってしまうことがある。

（災害相手に復讐(ふくしゅう)しても、仕方ない。でも……）

「……あの、めっちゃ可愛いですよね」

三春は口を開き、稲穂に話しかけた。照れたような仕草で、苺大福と稲穂とを見る。

「僕もお姉さんと苺大福の写真、撮ってもいいですか？」

三春からの頼みに、稲穂は機嫌良く応じた。

「うん、もちろん」

「ありがとうございます」

三春は、苺大福を顔のそばに持ってきて笑う稲穂を撮影する。

そしてそれを、稲穂がしていたように、ＳＮＳにアップロードした。

レジカウンターの中にしゃがみ込んで、カイザーはスマホの電卓アプリに数字を打ち込んでいた。

「一……十……一〇〇……」

表示された数字の桁(けた)を数えて、途方に暮れる。

「一〇〇万っスか……」

今残っている苺大福を全て買い取った場合、自分が払わなければならない金額をざっと計算し、カイザーは絶望的な気持ちになった。ようやく母親の借金も減らせてきて、今年は自分も変われると思っていたのに。

ここへやってくる受験生たちと同じように、いつか自分の未来のことだけ心配できるようになるんじゃないかと、夢見ていた。

（そんないつか、一生来ない。俺には――……）

入店のメロディーが聞こえ、カイザーは「しゃーせー」となげやりに挨拶をする。

「あー！　あったー！　やっぱこのコンビニだよ！」

「お守りの苺大福〜！」

女子高生たちが、入ってきてすぐに歓声を上げた。その後からやってきた男性客もまた、興奮気味に棚を指さす。

「マジだ！　苺大福五〇〇〇個！」

あったあった、と次々と客が雪崩れ込んでくる。あっという間に閑散としていた店内は、人で埋め尽くされた。

「え……？」

カイザーは立ち上がり、自分の目を疑った。やってくる客は、みんな我先にと苺大福を手に取ってレジに並び始めたのだ。

「ええっ⁉」

試験の休憩時間、稲穂はベンチに座って自分のアカウントの通知を眺めていた。

顔写真つきの『いな』のアカウントはフォロワー数も多く、何か投稿すればすぐに反応が集まってくる。さっきの苺大福の反応をにんまりと見ていた稲穂だったが、そこにフォロワーからメッセージが届いた。

内容は、『新しいアカウントを作ったんですか？』というものだ。

「……？」

まったく心当たりがなく、稲穂は教えられたアカウントを開く。そこには、自分の写真がアイコンになっている投稿が表示されていた。

「何これ⁉　なりすまし？」

『いな、発注ミスしちゃったかも…

受験生応援とはいえ、やはり５０００個はやりすぎだったかも…（泣）』

苺大福を顔のそばで持っている写真が、その文章と一緒に投稿されていた。

「はぁ？　これ私じゃ……」

慌てて確認していくと、あたかも朝早くに、店員が店内を撮影したような写真も上げられている。『いな@練間北口ポーソン』の投稿には、『「いち」回で、「ご」うかくで大きい福☆苺大福食べて入試頑張って〜!!』という投稿もあった。フォロワー以外の受験生にもどんどん広まっていき、すでに稲穂の本物のアカウントの方にも、店で買った商品と一緒に苺大福を撮影しているフォロワーの投稿がいくつも出てきていた。

「………」

稲穂はスマホを見たまま、言葉を失った。

ポーソン練間北口店では、突然の混雑をカイザー一人で必死にさばいていた。

「はい、はい、えー二個で四〇〇円です」

「すみませーん！　レジ！」

「あ、すみません、今人手が足りなくて……！　順番に！」

レジの前には人だかりができ、カイザーはなんとか列に並んでもらおうと誘導するが、そうしている間にまた別の客がカイザーを呼ぶ。

「順番に！　あの、こっちに並んで！」

「俺も手伝いますよ」

その時、カウンターの中から声がかけられた。驚いてカイザーが顔を向けると、そこには三春が立っていた。

「え、あ、朝の……なんか、急にすげー客が……」

どう説明したらいいのか口ごもるカイザーの肩を、三春は軽く叩いた。

「説明は後で。とりあえず今はこれ売っちゃおう」

三春はマフラーを外しコートを脱ぐと、隣のレジで客を引き受ける。

「こんなの、君が背負うべきものなんかじゃないから」

カイザーはその言葉を聞いて、立ち尽くした。この無数の来客のわけを知っている様子の三春の言動以上に、なんで、という言葉が胸の中に溢れる。

(なんで……)

今日あんた、受験なのに。

嫌がらせの誤発注なんて、無関係なのに。

(俺はあんたに、勝手に苺大福買わせたのに……)

そのことに何も触れず、なんでここに来て、一緒に戦ってくれているんだ。

カイザーは苺大福のバーコードを読みながら、視界が滲むのを振り払った。

＊　＊　＊

　自室を這い回っていた最後のネズミを倒すと、カイザーは肩で息をして、まだ床に倒れたままの三春を眺めた。

（先輩……）

　あの後、自分の前にクネヒトが現れた。

　悪い子の前にやってくる黒いサンタは、カイザーにある仕事を言い渡した。それは赤いサンタクロースになれる素質のある少年の、身代わり役だ。

「……借りは返すっスよ」

　三春に向かって、カイザーはそう言って小さく笑う。きっと三春自身は、五年前のことなんて、大したことと思っていないだろうが。

　クネヒトが現れなかったとしても、三春からあの言葉をかけられた瞬間に、カイザーはそう誓っていた。

五章
chapter 5

『おはようございます。本日は、トナカイ実技試験が行われます』

身支度を整えた三春は、聞こえてきたアナウンスに顔を引き締めた。

(いよいよ、実技だ……)

適性試験同様、まったく何をやるのかわからないが、ここまで来たら合格したい。トナカイの手当のため、三年間の地獄のバイトに報いるため。そしてそれ以上の理由が、三春にはできてしまった。

『君ならトナカイどころか……きっと、赤いサンタになれるよ』

クネヒトは三春に、赤いサンタの素質があると語った。

クリスマスの魔法を支える特別な存在で、だから、クリスマスを憎むネズミによって命を狙われる。

(ネズミ……)

三春は、カイザーの部屋を襲撃していたあの尋常ではない数のネズミを思い出し、ぞっとした。当然、普通のネズミではないはずだ。結局自分は気を失いに行っただけのような有様で、目覚めた時には全て終わっていた。カイザーもいつも通りのちゃらけた態度で、赤いサンタ候補の身代わりになっている、という話についても詳しく聞けなかった。

『……受験者の方々は、学科棟学習室まで集まってください』

真実に近づくためにも、今は試験に集中しなければと、三春は自分の頬をパシッと打った。

「よし」

三春は立ち上がって、部屋を出ようとする。その時、その足が小さな箱に当たって、中身をひっくり返した。母からのクリスマスカードを仕舞っていた箱だ。

「ああ、もう」

三春は床に散らばったメッセージカードを集め、箱に戻す。そこで、手紙の中に一枚、違うカードがまぎれていることに気がついた。

「うわ、これ……懐かしい」

三春はそのカードを拾い上げた。

それは、一枚のクレジットカードだ。表面は黒色で、独特の模様が入っている。

「昔これでよく遊んでたなぁ……」

幼い自分がずっと宝物にしていたおもちゃだった。いつ、もらったんだっけ……と考えた瞬間、三春の頭にふっとある光景が浮かび上がった。

夜の、実家の子供部屋だ。開いた窓から風が吹き込み、カーテンを揺らしている。その星明かりが差し込む窓の前に、赤い服の男が立っていた。

暗がりで顔ははっきりと見えなかったが、身にまとっているものはあの肖像画と重なり合った。袖(そで)の飾りの形は、今三春が手に持っているクレジットカードの模様と同じだ。

「……え……俺、赤いサンタに会ったことある……？」

三春は頭を押さえ、ずっと埋もれていた記憶にうろたえる。

改めて、手の中のカードを見つめた。

このカードは、赤いサンタから贈られたものなのか。もしそうなら、一体何のために……。三春はカードを握りしめたまま、部屋を飛び出した。

向かったのは、志乃(しの)の部屋だった。

おもちゃだと思っていたこのクレジットカードについて、『煙突の目(チムニー)』で働く志乃なら調べられるのではないかと考えたのだ。

「志乃ちゃん、いる？　ちょっと相談したいことがあるんだけど……」

一応スマホにメッセージを入れておいたが、返信を待つ前に部屋に着いてしまった。三春はノックをした後しばらく待っていたが、中から返事はない。もう部屋を出てしまったんだろうかと思った時、ドアがわずかに開いていることに気がついた。

三春はドアノブに手をかけると、室内に声をかけた。

「志乃ちゃん？　入るよ……？」

中は、白やピンクの可愛らしい家具が多く、三春には馴染みのない女の子らしい部屋だった。どこから香っているのか、ふわりといい匂いで満ちている。

（女子の匂い……）

思わず顔がゆるむ三春だったが、志乃の姿は部屋にはいなかった。志乃からはいつでも気軽に来ていいよと言われていたが、家主がいないのに部屋に入るのはまずい。いったん出て、ドアが開いていたことを伝えようと三春が思った時、ガチャッと洗面所の方から扉の動く音が上がった。

「!!」

三春はとっさに、ソファの後ろに隠れてしまった。隠れてから、これでは余計に不審者に見えることに気づいたが、後の祭りだ。這いつくばったまま、そろりと志乃の位置を確認する。

ハンガーラックの向こうに、志乃の二つ結びが見えた。

離れた場所で、後ろを向いている今がチャンスだ。三春はこのままそっと外へ出ようと、ソファの後ろから這い出た。

「あれっ？　三春君？」

三春の視界に、志乃の足が見えた。はっとして振り返り確認するが、やはり向こうには志乃の帽子をかぶった二つ結びが見える。三春は驚いて顔を上げた。

「え、なんでそっち」

にいるの？　と、最後まで言い終わる前に、三春は固まった。

「どうしたの？　なんか用事？」

志乃はいつもと変わらない笑顔で、三春に聞いた。

笑顔は、いつもと変わらない。だがその笑顔の上、頭には、髪はなかった。つるつるに剃り上げられた志乃の頭部を見て、三春は言うべき謝罪や弁明もすっ飛び、けれどこの沈黙に対し何か言わなければと動転した。「あの！」と続く言葉が浮かばないまま、口を開く。

「あなたは、サンタクロースを信じますか!?」

結局、別の意味でも、怪しい人になってしまった。

ピンクのラグの上、志乃とテーブルを挟んで座った三春は、落ち着きなく部屋のインテリアに視線を向ける。キッチンにはおしゃれな紅茶の缶が並び、棚の上には細々とした雑貨が飾られている。

（女の子の部屋にお邪魔するからには、いつもより少し無防備な姿が見てみたい……でも）

視線をそらしきれず、三春は向かいに座る志乃を見た。いつも通り振る舞おうとするが、その坊主頭が、どうしても視界に入ってしまう。

（さすがにこれは無防備すぎだよ！）

三春は膝の上に置いた手をぎゅっと握った。

志乃の方はノートパソコンを広げ、三春から渡されたクレジットカードの情報を何か打ち込んでいた。

「赤いサンタからもらったんだ？」

「……あ、はい、そう思います。うろ覚えですけど」

くつろげない三春は、思わず敬語になる。

（志乃ちゃんが普通にしてるから逆に聞けない！）

三春は核心に触れられないまま、再び部屋の家具に目線をそらす。壁に飾られた花の絵や、ベッドを埋める可愛いぬいぐるみ、そして仏像……。

（仏像!?）

三春が二度見したタイミングで、志乃は口を開いた。

「ふーん……」

指に挟んでカードを見ていた志乃は、三春を見て告げた。

「これ、ブラックカードよ」

「え、ブラック？」

志乃は大きく頷いた。

「そう。限度額ナシ、戦車でも一括で買えると言われる最強のクレジットカードね」

「はぁっ!?」

おもちゃだと思っていたカードは、本物だったどころか、とんでもない代物だと判明した。

「一度も使ったことないの？」

「いや持ってたの子供の頃だし……」

志乃はカードを見た後、再びパソコンで何か調べ始める。

その様子を眺めながら、三春はカードの経緯よりも志乃の経歴の方が気になった。

（坊主頭……仏像……）

お寺が関係しているのは推測できるが、理由を聞いて地雷を踏みたくなかった。そもそも、このサンタハウスへ来て働いているということは、志乃も何かしら訳ありということではないだろうか……。

　三春が考えを巡らせていると、パソコンを見ていた志乃が深刻そうな声を上げた。

「えっ」

「えっ？」

「怖い……」

「怖い……⁇」

　志乃はパソコン画面を凝視し、何かを読んでいるようだ。

「何してるの？」

「ちょっとカード会社のサーバーに侵入して、利用明細の履歴見てるんだけど……」

　さらりと告げられた内容に、三春は震え上がる。

（君の魔法の方が絶対怖いけど！）

「三春君、やっぱり使ってるんじゃないかな」

　画面から顔を上げた志乃は、三春にそう呟いた。

「え、なんで？」

「二〇〇四年に、amezin（アメジン）でいっぱい購入されてる」

「えっ、本当!?　……三、四歳の時か」

三春は記憶をたぐる。覚えていること、というよりは、後から補完した記憶の方だ。

「いや、でもその頃、親父も死んでおふくろも入院してたから……」

「あ、思い出せなくても大丈夫。今、三春君のamezinにログインしたから」

「えっ!?　ちょ！　やめ、やめて!?」

個人情報の中でも見られたくない部類を覗かれて、三春は慌てる。志乃は動かしていた指を止め、呟いた。

「……やっぱり」

ほら、と志乃はノートパソコンの画面を三春に見せる。

「おもちゃばっかり。これだけ買い物してる」

三春は記録に目を走らせる。履歴の商品は大量だが、ざっと見ただけでも確かにおもちゃしか並んでいない。

「本当に……覚えてない？」

志乃に言われて、三春は画面をじっくりと見る。合計金額の欄に目をやった。そこに書かれた数字の桁を数え、ぽかんとする。

「一〇〇〇万……？」

その数字の意味を理解した瞬間、三春は驚愕する。

「はぁあああ⁉」

「三春君、落ち着いて！　お客様センターの番号があるから」

「いや、そんなことって……」

志乃は冷静にカードの裏面の番号を示す。三春は頭を抱えたまま、一体自分の過去に何が起こったのか考える。

そこで、再びアナウンスが流れた。

『まもなくトナカイ実技試験を開始します。受験者の方々は、ただちに学科棟学習室に集まってください』

志乃はパソコンを閉じると、立ち上がった。

「とりあえず試験に行こう。後でもうちょっと調べてあげる」

「う、うん」

促されて三春も立ち上がり、カツラをかぶって今まで通りの姿に戻った志乃と一緒に、部屋を出た。

テーブルの上には、一枚の、黒いカードだけが残された。

そこへ、どこからともなく一匹のネズミが近づいてくる。ネズミはカードの匂いを嗅ぐと、不気味な鳴き声を上げ、その赤い目を光らせた。

三春が志乃とともに学科棟学習室へ向かうと、すでに席には鉄平やカイザーの姿もあり、壇上にはクネヒトが立っていた。

「今回の実技試験は……赤いサンタのお使いだ」

赤いサンタ。クネヒトが口にした言葉を聞いて、三春はさっき頭に浮かんだ記憶を思い出そうとする。だが記憶をたぐろうとするほど、細部はおぼろげになっていった。

この試験が終わったら、あのカードについてクネヒトにも話を聞かなければと三春は考え、そうしている間にあやうく肝心の試験の内容を聞き逃しそうになった。

「子供たちに、プレゼントを配ってきてくれたまえ」

「えっ何、いきなり本番?」

聞き返してから、三春は自分がここへやってきたのが、クリスマスだったことを思い出す。

「いやでも、クリスマスは終わったはずじゃ……」

「実は配り忘……ちょっとした手違いで、プレゼントを配れなかった子供たちがいる」

クネヒトはちゃっかり言い直し、遺憾だとばかりの態度で告げた。

「嘘でしょ……!?」

三春はぎょっとして、サンタハウスの主を見返す。

つまりクリスマスから何日も経っているのに、いまだにプレゼントを受け取れていない子供たちがいるということだ。職務怠慢だろ、と思ってから、クリスマスの魔法が失われていくということは、こういうことなのかもしれないと考える。

クリスマスの朝、プレゼントが届いていなくても、その子も、家族も、そういうものだと気に留めない。サンタクロースがいなくなれば、クリスマスそのものが忘れられ、消えていく。

「もちろん、サンタとして配る以上、誰にも見つからないように」

クネヒトは指を立てて、注意事項を付け足していく。

「見つかったら、失格。日の出までに配れなかったら、失格。一つでも配り残しがあったら……失格だ。わかったかな?」

三春をはじめ集まっている受験生たちを見渡し、クネヒトは力強く念押しする。

「忘れるとか、最低だからね!」

「どの口が言ってんだよ……」

呆れ果てる三春の声を聞こえなかったふりして、クネヒトは指示を出した。

「はい、じゃあ四人一組で配達するぞ」

三春が目を向けるとちょうど、両隣にいた鉄平と志乃、そしてその奥に座るカイザーと見交わすかたちになった。

＊　＊　＊

サンタクロースハウスのその聖堂のような部屋は、夜の闇に沈んでいた。

中央にある、トナカイ試験の窓口だけが、取り残されたおもちゃの城塞のように、浮かび上がっている。闇の中を、大量のネズミたちがキィキィと耳障りな声を上げて、その窓口の小屋へと集まってきていた。

鳴き声に応えるように、窓口の扉が、軋む音を響かせて開く。

中からは、白い手袋に指輪をはめた手が伸びてくる。その手が握るねじれた木の杖が、床を打った。

続いて扉の中から、それは姿を現した。

巨大な、七つの頭を持つ、ネズミの王だ。

赤い双眸がそれぞれ動いて、集まった配下たちを見下ろす。蠢くネズミたちが場所をあけると、冷たい床には一枚のカードが取り残された。

独特の模様の入った、ブラックカード。

ネズミの王は身を屈め、そのカードを拾い上げた。ゆっくりとそれを、王冠をかぶった顔の一つへ近づける。

「……腹が減る臭いだねぇ……」

しゃがれた声が、そのネズミから発せられた。他の頭もまた牙を剥いて唸る。

「肉ゥ……」

「サンタクロースの、肉ゥッ!!」

ネズミの王は、手に持ったカードを床に放り投げた。

「わかってるね？　可愛い息子たち……」

密集して鳴き交わすネズミたちの中から、ひときわ大きな個体が姿を現す。片目の潰れたそのネズミは、三春のブラックカードを踏みつけると、耳をつんざくような奇声を響かせた。

＊　＊　＊

夜の都心を、一台の配送トラックが走っていく。

幹線道路沿いには高いビルが連なり、街灯の光がその黒い車体に跳ね返る。雪とオーロラに包まれていた世界から来れば、こちらの方がまるで異世界のようだ。

「うぇ～い、やっぱ東京パネェっスね～」

後ろの狭い座席スペースから、カイザーは窓の外を見て歓声を上げた。前の助手席に座っていた志乃もまた、楽しそうに目を輝かせる。

「懐かし～。ねぇ、せっかくここまで来たんだし、私、ディズニー行きたいなー」

「いいっスねー！　じゃあランドとシー、回っちゃいます～？」

盛り上がるカイザーの横から、三春が呆れて突っ込む。

「完全に観光気分じゃん！　だめだって」

ハンドルを握って前を見ていた鉄平が、ぼそりと呟く。

「……一度は行ってみたいな。ネズミの城に」

唯一の良心だと信じていた鉄平からも乗り気の発言が出て、三春は溜息をつく。

「みんなこの量見た？」

そう言って、後ろの荷室を振り返る。そこには、山積みのプレゼントが詰め込まれていた。

「あいつ、どんだけ配り忘れてんだよ」

「配り忘れにしては怪しい量だな」

三春が思っていたことを、鉄平も眉をひそめて口にした。

そうしている間にも、車は目的地に近づき始めていた。マップを表示させたタブレットを見ながら、志乃が顔をにやつかせる。

「ふふ……『煙突の目(チムニー)』で調べた情報が、こんなふうに活(い)かされてるなんて感動～」

裏方の部署にいるだけでは、知ることができなかった。志乃はぱっと顔を上げると、同乗する三人を見回した。

「ねぇそれに気づいた？　私たち、ついにプレゼント配ってるんだよ！」

まだ実技試験とはいえ、トナカイと同じ仕事を任されているのだ。志乃にそう言われて、三春も実感が湧いてくる。プレゼントの量にひるんでいる場合ではない。この贈り物を届けてくれるのを、待っている子たちがいるのだ。

「一番最初は……この子！」

志乃は届け先の家の場所と、子供の情報が示された画面を見せる。

家から少し離れた場所でトラックを止め、三春たちはその子宛(あ)てのプレゼントを荷室から探した。

「あった、これじゃない？」

「そうそう！」

三春が取り出したプレゼントを、志乃がタブレットに表示させた写真と照らし合わせる。白い包装紙に赤いリボンがかかったプレゼントを、大きなリュックに仕舞う。

それを背負った三春に、カイザーが笑顔を向けた。

「じゃあパイセン、行きましょう～!!」

「え、何……二人で行くの……？」

リュックを背負った三春は、カイザーのセリフを聞いて振り返る。

「当たり前じゃないっスか。バディっスから！」

カイザーに胸を叩かれて、三春は思わずよろめく。

「俺、パイセンから離れないっスよ〜、一緒に、ランデブーっスよ〜〜！」

がっしり肩を掴まれて、三春は逃げられないと悟る。ネズミの一件で恩があるとはいえ、このノリを好きになれるかはまた別問題だ。

荷室にいた鉄平が、プレゼントを見渡して志乃に尋ねた。

「志乃さん、日の出までに終わらせるには、このプレゼントを何分で配ればいい？」

「三分」

「三分ッ⁉」

三春は悲鳴じみた声で聞き返した。夜が明けるまでなら、もっとゆとりがあると思っていたが甘かったらしい。

「志乃さんと僕で、配送ルートは考えるから」

「三分で戻ってきてね」

トラックに待機する鉄平と志乃が、リュックを背負った三春とカイザーに告げた。

「さぁ、時間よ。よーい……」

志乃の持つタブレットの時計が〇時を過ぎ、日の出までのカウントダウンが始まる。

「スタート！」

志乃の合図とともに、カイザーは勢いよく走り出す。

「フゥ～～～!!」

「あっ、え、あぁあ」

出遅れた三春は、その後を追いかけた。「先輩遅いっスよ～！」と言いながら、カイザーは深夜の道を走っていく。

目的の子供の家は、住宅地の一軒家だった。玄関の前に立ったまま、三春はカイザーに尋ねた。

「どうやって中に入る？」

「もちろん……魔法っしょ」

カイザーは心配する三春に、頼もしく答えた。なるほど、サンタクロースハウスの魔法を使えば、民家の鍵くらい簡単に開けられるのか。そう三春は納得したが、カイザーが取り出したのは、ピッキング用の道具だった。

「え？」

玄関扉の鍵穴に特殊な細い器具を差し込み、カイザーは慣れた動作で内側を探る。

「見た目やばい魔法だなオイ!!」

鍵穴を覗くカイザーの表情と相まって、三春は引きつった声を上げた。すぐにガチャリと、ドアの鍵が開く音が鳴った。

「入るっスよ」

ゆっくりとドアを開け、カイザーは家の中へ入っていく。三春も唾を飲み込むと、その後に続いた。

（……お邪魔しまーす……）

知らない家の匂いに身をすくませながら、三春は暗い廊下を、足音を忍ばせて進んでいく。志乃のタブレットには、子供部屋は二階と書かれていた。見えてきた階段へ足を乗せようとした時、一階の一室にぱっと明かりがついた。

「ひゃっ！」

思わず声を上げた三春は、カイザーとともに慌てて二階へ上がっていく。

見つけた子供部屋のベッドには、七歳の女の子がすやすやと眠っていた。三春はリュックから出したプレゼントを枕元へ置くと、ほっとして呟く。

「……メリークリスマス」

その声に反応して、部屋に飾られていたおもちゃが電子音を響かせて光り始める。三春とカイザーは押し合うように、急いで部屋から姿を消した。

（やばかった～～!!）

冷や汗を拭って車に戻ってきた三春だったが、休んでいる間もなく次の家へ向かった。

次の家はさらに大きな一軒家で、なんと屋根には煙突が作られていた。カイザーとともに屋根を伝ってやってきた三春は、内心の高揚を隠せなかった。

「サンタ冥利に尽きる～！」

「フゥ～！」

カイザーに囃されながら、三春は煙突に足をかけた。押すなよ、押すなよと後ろのカイザーに言い聞かせて煙突を覗き込む。

「押すなよ、お……押せぇ！　押すなよは押せぇ!!」

息が合うのか合わないのか、三春とカイザーはドタバタしながら次々とプレゼントを配っていく。

次の指定された家は、三兄弟の子供がいる家だった。

『サンタさんへ。大きな赤いふくろをつくったので、プレゼントはそこにいれてください。お兄ちゃんは、ふくろをつくってないので、まちがえないようにね』

『靴下ポスト』から送られてきた手紙の画像には、そう書かれていた。子供たちの布団が敷かれた部屋に、三春は足音を忍ばせて入っていく。一番奥に寝ている子供の枕元に、赤い靴下形の袋が置かれていた。あれが、この手紙を書いた少年だ。

布団の隅(すみ)を踏んで枕元まで行くと、三春はプレゼントを袋に入れる。

三春が一つ目のプレゼントを渡したのを見届けて、カイザーは次の兄の分のプレゼントをリュックから取り出した。眠っている子供の上から、赤い包みを受け渡そうとし……。

「っ!?」

プレゼントを掴んだ瞬間に三春がバランスを崩し、カイザーもまた引っ張られて体が前のめりになった。そのまま子供の上に倒れそうになるのを、二人必死に支え合って回避する。

何とか体勢を立て直し、カイザーはプレゼントから手を離して、三春も体を起こすことができた。はぁ……っと大きく息を吐き出し、三春は胸を撫(な)で下ろした。

三春とカイザーが配達している間、志乃と鉄平は車内で残りのプレゼントを確認していく。

「えーっと、これが……」

タブレットと照らし合わせていく志乃の横では、鉄平がすぐ判別できるようにプレゼントにタグをつけ、配る順番に整理していた。

時間は、刻々と過ぎていく。

もし今日、三春たちがプレゼントを届けられなかったら、届かなかった家の子供たちは、来年までプレゼントをもらえないままになってしまう。試験の課題ではあったが、三春も志乃も、鉄平も、そしてカイザーも、自分の合格以上の理由で力を尽くした。

子供部屋を目指していた三春は、突然廊下に響いたトイレの水を流す音に、ぎょっとして飛び上がった。すぐ真横のドアが開き、慌ててそのドアの後ろに隠れた。

トイレから、小さな男の子が自分のベッドへ戻っていく。その姿を見送り、三春は間一髪な状況に息を吐き出す。

最初に配り始めた時以上に、失敗できない、という気持ちが湧き上がっていた。

どのプレゼントにも、子供たちの思いが込められている。

『ぼくは、せかいじゅうのみんながあそべるおもちゃをつくりたいです。だから、いっぱいおもちゃをもらって、いっぱいあそびたいです！』

小学校の教室で、その男の子はサンタクロースへの手紙を書く。

『サンタさんは、なんじまでおきていたら、あえますか？　おおみそかに二じまでおきていたので、二じまでだったらだいじょうぶです』

幼い女の子は、その手紙で、サンタクロースに会いたいと書いていた。

『みんなで、クリスマスツリーをかざって、ママがクリスマスケーキをつくってくれて、クリスマスがとてもたのしみです！』

一枚一枚、一生懸命書いた子供たちの手紙からは、プレゼントが届くこの特別な夜を待ちわびる気持ちが溢れていた。

マップの子供たちの家を表すピンは減っていき、トラックのプレゼントも一つまた一つと着実に届けられていく。

そしてとうとう、最後のプレゼントになった。

『サンタさんへ。ぼくには、おとうさんがいません。でも、おかあさんががんばってはたらいてくれています』

三春はその手紙を見て、目を細めた。

『いつもおかあさんのかえりがおそいので、よるもいっしょにいてくれる、おともだちがいてくれたらいいなっておもいます』

大きな袋に入っているのは、一抱えもあるぬいぐるみのようだった。

到着した目的地を見て、カイザーは目を丸くする。

「うへ～セレブ～～！」

真新しい高層マンションは、立地を考えなくても超高級であることは一目瞭然だ。

「最後はここか……」

呟いた鉄平に、志乃がタブレットを見て情報を補足する。

「最上階だって。日の出まであと二〇分。急ごう」

三春は建物を見た後、眉を寄せた。

「え、ここってもちろんオートロックだよね？　こんなとこ、どうやって潜入するの？」

「先輩！」

横からカイザーが、張り切った笑顔で肩を叩いた。

「ヨユーっスよ」

こういう時のカイザーの発言が、言葉通りであったためしがない。


深夜のマンション、その磨き上げられた壁面には、今黒い人影が二つ、貼りついていた。

「く……っ、うぅ」

三春は両手に握った道具で、垂直の壁を登っていく。握り手のついたその装置は、壁に近づけると吸着し、セキュリティの厳重な家屋への侵入も可能にしていた。

「いや泥棒以上でしょ!!」

どこぞのスパイ映画も顔負けの技術力だが、いかんせん登っているのは訓練されたエージェントではなく、こないだまでコンビニでバイトしていた一般人だ。三春の斜め上を、カイザーが登っており、地上からは志乃と鉄平が固唾を呑んでその様子を見守っていた。

「はぁ……はぁ……」

三春は両手に力を込め、よじ登っていく。額に汗を浮かべて、あの適性試験の腕相撲マシンは本来の役割として使った方が正しかったのではないかと、しょうもないことを考える。

その時、キィ……ッと、鋭い鳴き声が暗闇の中に響いた。

三春がはっとして顔を上げると、マンションの壁に蠢く影がある。三春たちを目指して、ネズミたちが壁を駆け下りてこようとしていた。

「うわっ!!」

そのネズミたちを従えるように、ひときわ大きなネズミが姿を現す。片目に傷があり、もう片方の赤い目で、三春をひたと睨んでいる。その口には、あのブラックカードがくわえられていた。

「ネズミ!?」

地上にいた鉄平もそれが何であるか気づいた。志乃がぞっとして呟く。

「嘘でしょ……」

ネズミは大群となって、壁の途中で身動きが取れずにいる三春とカイザーへ近づいていく。

「逃げるっスよセンパ――――イ!!」

カイザーが叫び、登ってきた場所を後戻りしていく。だがどんなに急いでも、床と同じように壁を走ってくるネズミたちから逃げきることはできない。あっという間に追いつかれ、ネズミは三春に群がった。ブラックカードの匂いを頼りに、本物の赤いサンタ候補を嗅ぎつけたのだ。

「う、ぐっ」

ネズミたちが咬みついてくるが、両手で装置を握りしめているので、振り払うことはできない。三春はむっと鼻をつく下水の臭いと、自分の体を這い回るネズミの足の感触に顔を歪ませる。

(なんで、俺が、こんな目に……)

ネズミたちは三春の顔だけではなく、装置を摑んでいる手まで執拗に牙を立ててくる。手袋越しにも、細かくナイフを突き立てられるような鋭い痛みが走った。

「俺は……赤いサンタに興味なんか……ッ」

三春の右手が、装置の持ち手から滑った。

「っ!」

　左手だけで壁にぶら下がる形になり、三春は歯を食いしばった。斜め下にいるカイザーが目を瞠る。ネズミに咬みつかれながら、三春は何とか右手で再び壁に摑まろうとする。が、体勢を立て直す前に、あの片目のネズミが三春に狙いを定めた。

　ブラックカードを吐き捨てるように放ると、片目のネズミは恐ろしい咆哮を上げて、三春めがけて襲いかかった。

　そして三春の左手に牙を突き立てた。

　三春の指が、摑まっていた装置から、離れる。

「うわぁああ!!」

　三春は空中に放り出された。

「先輩ッ」

　カイザーが身を乗り出し、とっさに片手を伸ばす。左手で三春の右手を摑もうとし——わずかな距離が届かず、すり抜けていった。

「!!」

　三春の体が落下していくのを、地上にいた志乃と鉄平も息を呑んで目で追った。

　その体は、四人が乗ってきたトラックの屋根に激突する。志乃は短い悲鳴を上げ、鉄平もまた瞠目する。

車の屋根の上、倒れた三春からネズミたちが散っていく。

遠のきそうになる意識の中、三春はうっすらと瞼を開けた。

(どうせ……俺は……)

受験も、就職も、だめで。

でも三度目の冬を耐え抜くつもりで、このサンタクロースハウスで働き始めたのに。

結局、父が願いを込めたように、春へ変わっていける存在にはなれなかった。

ネズミたちが狙う、特別な赤いサンタになんか、なれるわけがない。

朦朧とする三春の視界に、何かきらりと光るものが舞った。近づいてくるとそれが、模様の入ったあのブラックカードだとわかる。それはゆっくりと、空から舞い落ちてくる。

その裏面には、あどけない字で『ひのみはる』と書かれていた。それを見て、三春は閉じかけた瞼を持ち上げた。

(思い出した)

ずっと埋もれていた記憶が蘇る。クリスマスの夜。星明かりの差し込む子供部屋。外から吹き込む冬の風が、微かにカーテンを揺らしていた。

(十九年前のあの時、俺の部屋に来たサンタクロースは……)

幼い三春の前には、あの肖像画と同じ、赤いコートを着た男が立っている。

そしてその後ろから、黒い影が現れる。

「メリークリスマス、三春君」

黒い帽子、黒いコート。そしてスカーフで口元を覆ったクネヒトが、パジャマ姿の三春へ声をかける。

（――一人じゃなかった）

幼い三春は、その二人のサンタを見上げる。

「これを、君にプレゼントしよう」

クネヒトが、一枚のカードを三春へ差し出した。

「何でも、君が一番欲しいものをもらうといい」

三春はきょとんとして、その黒いサンタの〝顔〟を見ていた。

「遠慮しないで」

クネヒトは優しく囁き、付け足した。

「君がとってもいい子なのは、君のお父さんから、よく聞いてるから」

赤いサンタの方が、物静かな声音で三春へ言う。

「なくさないようにな」

三春はおずおずとカードを受け取った。

「ありがとう」

カードを手に持ったまま、じっと赤いサンタの顔を見つめる。

「宅配便でーす」

三春はパタパタと玄関へ駆けていき、そして届いた箱を抱えてリビングに戻ってくる。通販サイトamezinの箱を開けると、中には車のおもちゃが入っている。

家に、母の姿はない。

父の事故の後、母は過労と心労で体調を崩し、そのまま入院となった。母にとって、父を亡くしたショックは大きく、退院するまでに十カ月もかかった。

ノートパソコンの画面を見ながら、三春は自分の手には大きいマウスを動かす。

「ポチっとな……くるくるくるくる～」

カーソルを動かし、おもちゃの注文画面を開く。

その手元には、あの黒いクレジットカードが置かれていた。黒いサンタが教えてくれたやり方で、三春は『一番欲しいもの』を頼む。

「できたできた」

三春は静かな部屋で、また次の注文を選び始める。

　母の入院中、祖母が三春の身の回りの世話に来ていたが、家事や買い物で三春のそばにいられない時間も多かった。

　父が死に、母は入院し、家で一人で過ごしていても。

（でも俺は……全然悲しくなかった）

　三春はサンタクロースが教えてくれた、おもちゃが届くゲームで毎日遊んでいるつもりだった。画面をクリックして、家に品物が届くのを待つ。

　そうしていれば、『一番欲しいもの』が自分に贈られるのだと信じていた。

「ただいま！　ママ帰ってきたよ！」

　玄関を開けると、母の日野春子は、家の中で待っているはずの息子へ声をかけた。入院中の着替えやタオルが詰まったバッグを置き、久しぶりに戻ってきた我が家を見回す。

「三春〜？」

　リビングの方へ足を踏み入れた瞬間、春子は大きく目を見開いた。

　部屋は、数えきれないほど大量のおもちゃで埋め尽くされていた。大きなクリスマスツリーの前には、電車のおもちゃのレールが走り、ぬいぐるみや小さな三輪車まで置かれていた。

　そしておもちゃの後ろには、壁を埋め尽くすほどamezinの箱が積み上げられていた。

「ママ〜、おかえりなさい」

おもちゃで遊んでいた三春は、ぱっと顔を上げると、母のもとへ駆けてくる。

「三春、何なのよこれ……一体どうしたの？」

我が子の前に膝をつき、春子は変わり果てた部屋を見て呆然(ぼうぜん)とした。

「サンタさんが……」

その時、インターホンが鳴った。

「あっ」

母の手をすり抜けて、三春は玄関へ走っていく。

「三春！　ちょっと」

春子が慌ててその後を追うと、ドアの開いた玄関の前で、三春は箱を抱えて立っていた。

「待ちなさい三春、開けちゃだめよ。返品しないと……」

その手から箱を取り上げるが、三春は何かを待っているようにその場にたたずみ続ける。

「……三春、どこ見てるの？」

春子は息子の視線の先を見た。

そこには、トラックに戻る配達業者の姿があった。

夫が——三春の父親が、いつも着ていた制服だ。

「………」

春子は息子が何を願っているのか悟った。

(この子は、あの人が帰ってくるのを……待っているのだ)

何度も、何度も、おもちゃを頼んで、次こそは父が届けに来てくれるかもしれないと期待をして、ここで待ち続けている。

「三春……ごめんね」

その小さな肩を、春子は抱きしめた。その目から、涙が溢れ出る。

「ママもね……パパに会いたいよ」

三春は母に抱きしめられながら、その言葉を聞いて初めて、自分が一番欲しい人はもう帰ってこないのだと、気づいた。

幼い三春の両目からも、ぽろぽろと涙がこぼれ始める。

「ごめんね……」

トラックが走り去った後も、三春と母は玄関に身を寄せ合い続けた。

家に大量に届いたおもちゃを前に、春子はすぐに通帳を確認した。

「銀行口座は無事、家からなくなったものもない……一体何のお金で、ここまでのおもちゃを買えるの？」

祖母は全て春子が買い与えていたと思っていたようだった。正確な値段はわからないが、一つ一つが数千円以上すると考えれば家の貯金で支払える金額をたやすく超えている。

「足の踏み場もないけど、不用意に捨てるわけにもいかないし……」

返品できるものは手続きして、あとは中古品に……と春子は膨大なおもちゃを前に途方に暮れる。

「ママ困ってる……？」

三春は母を見上げて、しょんぼりと眉を下げた。

「ごめんなさい……」

肩を落としてうつむいた三春を見て、春子は慌ててなぐさめた。

「いいのよ。任せっぱなしにした、ママがいけないんだから」

笑顔を浮かべて、三春の顔を覗き込む。

「これくらい……別に……」

言いながら、三春の肩を撫でていた手の力が抜けていく。ぐらりとその体が傾ぎ、床へ倒れた。

「ママ、大丈夫？　ママ……」

三春は、意識を失った母の体を揺する。

母はまたすぐに、過労で倒れた。父の死を理解したばかりの三春は、母の死を意識し、とても怖かった。

再び母のいなくなった家で、三春は布団の中で震えていた。

（どうしよう……誰か……）

その時、三春は去年のクリスマスに、サンタがくれたものを思い出した。

宝物を入れていた箱から、三春はあの黒いカードを取り出した。そのカードには、『困ったことがあったら電話してね』と小さなメモが添えられていた。まだ難しい文字は読めなかったが、パソコンの使い方と一緒に黒いサンタが教えてくれていた。

三春はその番号を順番に押し、電話をかけた。

携帯電話を耳に押し当てて待っていると、すぐに返事があった。

「はい」

「サンタさん」

三春は小さな声で、電話の向こうにいる相手へ、呼びかけた。

「ママを助けてください」

「三春君」

書斎机に置かれた古い電話を片手に、クネヒトは呟いた。電話の向こうからは、泣きそうな声が聞こえてくる。

「おもちゃ全部返すから……！」

「どうしたんだい？」

クネヒトの優しい声を聞いて、三春は少しだけ落ち着く。

「おもちゃがあると……ママが困って、お腹痛くなっちゃうって……」

どう言葉にすればいいのかわからなかったが、三春は懸命に伝えた。自分のしてしまったことで、母までもう二度と家に帰ってこられなくなったら……。そう思うと、怖くてたまらなかった。

「あのおもちゃは、君が一番に欲しがったものだろ？　サンタとして、取り上げるわけには……」

「一番のじゃない！」

三春は大きな声を出した。

何度も、何度もお願いしたけれど、一番欲しいものは――父は、来てくれなかった。

「一番のはもらえなかった」

三春は涙を拭い、鼻をすする。

「僕が……僕とママが一番欲しいのは、もうもらえないんだ」

「なるほど……」

クネヒトは座った椅子の肘掛けを指で打ち、首肯する。

「ママまでいなくなっちゃったら……僕」

電話の向こうから、幼い子の震える声が漏れる。クネヒトは三春の話したいことを聞き終えると、静かに告げた。

「三春君、君が、サンタクロースになってみないかい？」

「えっ？　僕が？」

頰を涙で濡らしたまま、三春は驚く。

「ああ。ママはおもちゃがあると困るんだろ？　だから、君が持っているおもちゃを欲しがっている子供たちに配っちゃえばいい」

三春は電話をぎゅっと握り、一生懸命、サンタの話す内容に耳を傾けた。

「ただ、何でもいいわけじゃないよ。僕らのところには、いい子からの手紙がいっぱい来ていてね。手紙からちゃんと、一番欲しいものだけ」

「やる」

三春ははっきりと答えた。

「僕が、サンタクロースになる」

もう泣いてはいないその声を聞いて、クネヒトは電話を置いた。

「……楽しいクリスマスになりそうだ」

クネヒトは囁くと、新しい物語が動き始めたのを感じた。


自分が、他の子のためのサンタクロースになる。

三春は家に届いた大きな箱を開け、その中に詰め込まれている手紙を手に取った。ほとんどは、自分と同じ年頃の子供が書いた手紙だった。

(このおもちゃは、僕の一番じゃなかったけど)

三春はぬいぐるみを持ち上げ、ぎゅっと抱きしめる。

(全部誰かの一番になるように、ちゃんと選ぶんだ)

プレゼントだからリボンをかけようと、三春は祖母から分けてもらった毛糸でぬいぐるみを結ぶ。中々うまくいかず、何度もやり直した。

一つ一つ、そうやってたくさんのおもちゃの中から、手紙に書かれた欲しいものを探し出した。

十二月が訪れると、町には赤と緑の装飾が溢れ、あちこちからクリスマスソングが流れ始める。三春は家の中で一人、行く先の決まったプレゼントたちを、押し入れの中から見つけてきた布団カバーに入れていった。

これをクリスマスまでに準備して、朝には子供たちのところに届くようにする。三春は、絵本の中のサンタさんの仕事を思い返しながら、大きな袋にプレゼントを詰めていった。

十二月二十四日がやってくる。

その日付も変わろうという時刻、三春は普段ならとっくに布団の中にいる時間だったが、少しも眠くなかった。明日までに、みんなのところに届けないと……。三春はツリーだけが輝く、すっかりがらんとしたリビングで、最後のプレゼントを袋に収めた。

「間に合った！」

時計は真夜中を指していた。三春は笑顔を浮かべ、大きな袋を一つ持っていこうとする。

「後はこれをみんなの家に……」

だが袋は重すぎて三春の力では持ち上がらなかった。三春は自分より大きな、カラフルな布団カバーの袋を前にひるんだ。

「……頑張ら、ないと」

自分を励ますように呟いて、三春はもう一度袋を摑むと、体重をかけて引きずっていく。

「みんな、待ってるんだから……」

廊下を進み、玄関を目指す。いつもならすぐ着くその扉まで、今日はうんと遠く感じられた。こんな重たいものを持って、真っ暗な外に出て、みんなの家まで行けるだろうか。

「どうしよう……」

三春は袋を見て、立ち尽くした。

「たくさんあるのに……」

一つの袋を運ぶだけで、こんなに時間がかかってしまっている。部屋にはまだ、おもちゃを詰め込んだ袋がいくつも残っているのだ。

頑張って準備したけれど、やっぱり自分には、サンタクロースなんて無理なんだろうか。おもちゃが全部このまま家に残れば、母を困らせてしまう。母もずっと帰ってこられなくなってしまったら……そう想像して、三春はしゃくり上げそうになった。じわりと浮いた涙を拭って、もう一度袋を握りしめる。背負うようにして、玄関まで少しずつ引っ張っていった。

父の声が、三春の耳に蘇る。

『これから先、三春が辛いなと感じた時に、思い出してほしいんだ』

三度目の雪が解ける頃には、きっと景色が変わってるから……。

扉を押し開けた瞬間、三春の視界は眩しい光に包まれた。三春は目を細めて、その白い光の向こうを見た。目が慣れていくと、大きなトラックと、ずらりと並んだ人影が見えた。

ヘッドライトを背に受けて、白いコートに身を包んだ九頭のトナカイが立っている。そして彼らを従えるように、黒いサンタが。

「すごいね。ラッピングまで完璧じゃないか！」

クネヒトは、三春が持ってきた袋を見ると驚き、褒めた。それから、胸に手をやって宣言する。

「預かろう。ここから先は、トナカイたちの仕事だ」

呆然としたまま三春はクネヒトと、そしてトナカイたちを見つめる。そこに、去年の夜に出会ったあの赤いサンタはいない。それから三春は、光の向こうに見える配送トラックに目が吸い寄せられていった。

（あのトラックに、パパが乗っていたらいいのに……）

張っていた気がゆるんだ途端、三春はその場に、どさりと倒れた。

長い夢から醒めたように、三春は意識が冴えていく。視界の焦点が合い、空から舞い落ちてくる黒いカードがはっきりと見えた。

三春は手を伸ばし、そのカードを摑んだ。その瞬間、勢いよくトラックの上から引っ張り降ろされる。

マンションの壁から、片目のネズミが落ちた獲物を探そうとした時には、三春の姿はなくなっていた。

「大丈夫!? 怪我は?」

トラックの中に隠れると、志乃は助け出した三春を見て声をかけた。そのそばには鉄平が、そして下りてきたカイザーの姿もある。

三春は三人の顔を見回し、ようやく笑みを取り戻す。

「ああ、衝撃はすごかったけど……」

言いながら三春は、背負っていたリュックの中身を見た。大きなテディベアが、ちょうどクッション代わりになってくれていたようだ。

「守ってくれたのか」

三春は呟いて、そのぬいぐるみを撫でる。それからはっとして確認する。

「ネズミは?」

「いなくなったっス。でも、生きてんのバレたらまた襲ってくるっスよ」

カイザーが答え、表情を引き締める。

「早く逃げるっスよ！」

志乃と鉄平も、強張った顔で頷き返した。カイザーはスマホを取り出すと、連絡を入れる。

「カイザーっス。緊急っスよー、ああ、ネズミの大群に襲われて……ああ、そうっス」

そばで聞いていた三春は、その相手がクネヒトであることがわかった。

「そんなわけで、今回はリタイアっつーことで。はい、すぐ戻るっス」

「ちょっと待って」

三春は立ち上がり、カイザーからスマホを奪うと耳に押し当てた。

「クネヒト。もしこのままリタイアしたら」

『心配はいらないよ』

最後まで言わないうちに、クネヒトはそう答える。三春が「は？」と聞き返すと、クネヒトは続けた。

『試験のことだろう？　結果はちゃんと考慮して』

今度は、三春が言葉を遮る番だった。

「違う!!」

三春は電話の向こうの相手へ、叫ぶ。

「あんたそれでもサンタかよ！」

声を荒らげる三春を、周りの三人は驚いたように見ていた。三春は足元に置かれているプレゼントを見下ろす。

「このプレゼントはどうなる」

クネヒトは、嘆息交じりに返した。

『仕方がないだろう。今年だけ、その子には諦めてもらう。……それよりも、君たちの命の方が』

「ふざけんなよッ！」

三春は、自分でもどうしてこんなに、悔しいのかわからなかった。

「だって……『一番欲しいもの』を待ってる子がいるんだよ」

ただのおもちゃ、命をかけてまで届けるものではないと、以前の三春なら思ったかもしれない。けれど思い出したのだ。

幼い記憶の中の自分は、サンタクロースは必ず『一番欲しいもの』を届けてくれると信じていた。

「クリスマスなんだぞ、この子だけ、『一番欲しいもの』もらえないなんて……そんなの絶対に嫌だ」

ここにある間は、これはただのおもちゃだ。大きなくまのぬいぐるみにすぎない。でも、母の帰りを待っている間お友達が欲しいと願った子にとっては、『一番欲しいもの』なのだ。このプレゼントが届かない限りずっと、心細い夜を過ごすことになる。

そういう子供たちのために、プレゼントを届けてこそ、サンタクロースだろう。

三春はクネヒトの電話を一方的に切ってから、はっとする。気まずそうにする三春に、カイザーが噴き出した。

「ブハッ、変わんないっスね～！」

三春がその反応に驚いて顔を上げると、志乃も笑って頷いた。

「ネズミもいないし、今なら」

鉄平もまた、口元に微かに笑みを浮かべて告げる。

「いつでも逃げられるようにしておこう」

志乃も鉄平も、カイザーがクネヒトに言ったように、試験はやむをえずリタイアするしかないと考えていた。けれど、ネズミに襲われて死にそうになった三春は、自分の試験ではなく、プレゼントを待つ子供のことを考えていた。

「みんな……」

三春は三人を見て、それから言葉を返す代わりに、プレゼントの入ったリュックを手に取った。

「よし」

しっかりとリュックの口を閉めると、三春は顔を上げる。

「カイザー君、行こう」

「よっしゃあ！」

カイザーは三春の肩を叩くと、再び外へ飛び出した。

＊　＊　＊

クネヒトは書斎で、切れた電話を一瞥（いちべつ）した後、ある番号のダイヤルを回した。そして繫（つな）がった相手へ、静かに伝える。

「もしもし？　――――君の出番だよ」

六章
chapter 6

三春とカイザーは、再びマンションを登攀していく。

車内では志乃が持ってきたノートパソコンを広げ、二人の周囲を『煙突の目』の機能を駆使して見張る。鉄平は開けた窓から、目視で再びネズミたちが現れないか探っていた。

「もう少し。あと二階上の部屋よ」

三春たちが片耳に入れたイヤホンから、志乃のアシストする声が聞こえてくる。

「サンキュー志乃ちゃん！　見えてきたっスー！」

カイザーが明るい口調で答え、三春もまた残りの距離を知れて安堵した。

「よかった。けど……」

三春はそろりと、自分の肩越しに地上を見た。道路や街路樹、さっきまでいたトラックが、おもちゃのように小さく見える。冷たい強風が吹きつけ、三春はヒッと壁に身を寄せた。

「ハハハ……死ぬよ、これ落ちたら絶対死ぬよ」

さっきの高さなら車の屋根とぬいぐるみで九死に一生を得られたが、最上階近くまで来てもし手が離れたら、今度こそ助からない。三春はごくりと唾を飲み、見えてきたベランダを目指した。

「ゴ――――ル……」

　カイザーが先に、息を切らしてベランダに這い上がった。窓からは、ベッドの中で眠る少年の姿が見える。

「間違いないっス。先輩、プレゼントを」

「うん！」

　三春はカイザーに続いて、ベランダへ近づこうとした。その時、プレゼントを入れたリュックから、一匹のネズミが顔を覗かせた。それに気づいたカイザーが、ぎくりとして目を剝いた。

「ッ！　隠れてたんスか！」

　キィッと鳴くと、ネズミは三春の肩へ上っていく。

「うわっ！」

　三春も気づいて体を揺らすが、払い落とすことはできない。ベランダに手をかけているカイザーも三春の位置まで手を伸ばすことはできず、ネズミは野放しだ。

「くそ！」

　ネズミはさらに鳴き、明らかに仲間に場所を知らせている。三春とカイザーは同時に叫んだ。

「やばい!!」

「やばいっス‼」

一方、車にいた志乃と鉄平は、微かな振動を感じた。何だろうかと窓から外を見たが異変はなく、顔を見合わせる。その瞬間、フロントガラスをネズミの大群が埋め尽くした。

「‼」

「うわっ！」

おびただしい数のネズミが、トラックを駆け上がり、覆い尽くしていく。まるで意思を持つ怒濤のように、ネズミたちは車を飲み込み、マンションの壁へぶつかっていった。

それを眺めていた片目のネズミが、雄叫びを上げる。

さらにネズミは数を増やし、地面を埋め尽くしていく。蠕動する黒い影の中、真っ赤な目がびっしりと輝いた。

「う、うわぁさっきより増えてる！」

地上を見下ろした三春は、その光景を見てぞっとする。

「この数はマジでやべーっス……」

カイザーも顔を引きつらせた。さっきの襲撃すらしのげなかったのに、この数のネズミに襲われたらひとたまりもない。

「屋上に登って、態勢を整えて！」

耳元から、志乃の声が響いた。三春とカイザーは頷き合うと、目的地の部屋から離れ、マンションの屋上へ上がっていった。

その時にはすでにネズミたちは、壁をすさまじい速度で駆け上がってきていた。

「屋上から建物の中に入れるわ。今『煙突の目』の力を使って、セキュリティを解除してる」

ネズミに取り囲まれた車内から、志乃はパソコンを駆使してマンションのセキュリティシステムに侵入する。本来なら子供の情報を集めるための機能だが、非常事態だ。

三春はカイザーとともに屋上に到着し、体を押し上げた。ふらつく足で立ち上がり、大きく肩で息をする。腕をさすって屋上を見渡すと、反対側に非常階段の扉が見えた。

「あそこか！」

二人は全速力でその扉を目指した。すでに壁を登り終えたネズミが、三春たちの後を追ってきていた。鳴き声と足音が重なり合い、不気味な地響きを立てる。振り返らなくても近づいてきているのがわかった。

追いつかれる前に早く、あの扉に入らなければ。そう思った三春たちの前に、反対側の壁からもネズミの波が押し寄せた。

「！」

たたらを踏んで立ち止まった三春とカイザーを、四方から押し寄せたネズミが取り囲む。

「くっそぉ……」

逃げ場を失い、カイザーは顔をしかめた。背中合わせになりながら、三春も自分たちを囲む膨大な数のネズミを睨むことしかできない。

輪を作るネズミたちは足止めだ。待ち構えていた片目のネズミが、身動きできなくさせた二つの獲物を前に、牙を剝き出しにして現れた。

「あいつがボスか……」

三春は自分を襲ったそのネズミの姿を見つけ、表情を険しくする。

「狙いは先輩っス……」

カイザーが耳打ちし、リュックを下ろす。

「扉までの道はあけるんで、先輩は走るっス！」

三春は自分の今いる場所から、非常階段の扉までの距離を確かめた。その間には濁流のようにネズミが走っているが、距離自体は遠くはない。

鼓膜に志乃の声が飛び込んでくる。

「扉のセキュリティ解除まで、十秒」

カイザーはリュックから、部屋で使っていたフライパンを取り出し、構えた。片目のネズミが獰猛な吠え声を上げると、周りを走り回っていたネズミたちが、一斉に襲いかかってきた。

「うぅりゃあッ!!」

大波のようにかぶさってきたネズミの一群を、カイザーがフライパンで弾き飛ばす。固まっていたネズミが、しぶきのように散り散りになった。

「今っス――――ッ!!」

「五」

カイザーの叫びと、志乃のカウントダウンを合図に、三春は目の前に開けた道を走り出した。

「四……三……」

手足はすでに疲れ果てていたが、かまわず振り抜き、屋上のコンクリートを蹴った。大きなリュックが三春の背中で跳ねる。

「二……」

荒い息を繰り返して、扉に手を伸ばす。ネズミの狙いは自分だ。自分がここへ逃げ込めば、カイザーからも引き離せる。

「一」

ガチャンとドアが解錠する音が聞こえた。三春はドアノブを握り、力いっぱい引いた。

(間に合っ――――)

三春が非常階段へ入ろうとした瞬間、その暗闇からどうっと塊になってネズミが飛び出してきた。

「うわぁあああ!!」

扉の前から、三春は吹き飛ばされる。屋上に転がった三春は、慌てて体を起こした。

(こいつら、中にまで……!)

そのネズミの群れが割れ、間から片目のネズミが姿を現す。犬ほどもあるそのネズミは、赤い一つ目をぎらりと光らせると、三春めがけて飛びかかってくる。

「っ!」

その牙が三春のリュックに突き立てられた。食い千切ろうと体をよじり、三春の背からリュックがはぎ取られる。ネズミは再び、三春に唸り声を上げて襲いかかった。丸腰の三春は、鋭利な牙が体に届くのを今度こそ覚悟した。

ヒュッと鋭い風切りの音が鳴って、三春に飛びかかった片目ネズミが、蹴り飛ばされた。

三春は驚いて顔を上げる。

「鉄平君……」

そこには、次のネズミの攻撃に身構える鉄平の姿があった。

「来るぞ」

呆然としている三春に、鉄平が声をかける。

「ネズミが排気口から侵入。あいつらどっからでも入ってくる！」

車内から志乃が、マンション全体をサーチし伝達する。ネズミは際限なく、三春たちのいる屋上めざして集まってきていた。

ぞくぞくと仲間を呼び集めながら、片目のネズミは地面を蹴り、鉄平の喉笛を食い千切ろうとする。鉄平は身を引いて寸前でかわすが、着地したネズミは勢いをつけて再び襲いかかる。

「キィイッ！」

跳躍したネズミの体めがけて、鉄平は大きく足を振り抜いた。鈍い音を立ててネズミは吹っ飛び、動かなくなる。

小さいネズミの群れを散らしたカイザーが、二人に合流した。

「鉄平さん強いっスねぇ～！」

「三春君、早くプレゼントを！　日の出まであと十分！」

耳から聞こえてくる志乃の言葉に、三春は頷き返す。鉄平もカイザーも、非常階段の扉へ向かおうとした。

「!!」

その時、倒れていた片目のネズミが跳ね起きた。鉄平とカイザーの間をすり抜け、三春へ飛びかかる。

「ギィッ!!」

「うあッ！」

三春は倒され、喉を狙ってくる顎(あご)を必死に押し返す。目の前に、唾液(だえき)と血が糸を引くネズミの口腔(こうこう)が迫った。

「くそ！」

カイザーと鉄平が駆けつけ、ネズミに摑(つか)みかかる。引き剝がそうとするが、ネズミの爪はがっちりと三春の服に食い込み、簡単にはいかない。

それでもなんとか二人がかりで引き剝がし、押さえつける。

「鉄平君！　カイザー君！」

三春は起き上がり、助けに向かおうとする。

「来るな！」

ネズミに咬(か)まれそうになりながら、鉄平が叫んだ。

「先輩は、プレゼントを守るっスよ！」

カイザーもそう告げて三春を制する。

「でも……！」

三春は、屋上に放り出されているプレゼントを見た。日の出まではあと十分。朝になれば届けるはずの子供も目を覚ましてしまう。

「っ、くっそぉ……！」

三春は身を翻し、プレゼントを掴む。非常階段まで、ネズミの姿はない。今なら、と思えたが三春はその場に立ち止まった。

カイザーと鉄平は、二人がかりでネズミと戦っている。すでに二人とも息が上がり、傷だらけになっている。もし、どちらかが動けなくなれば、たちまちもう一方もやられてしまうだろう。

(どうしたらいい……)

三春は腕の中のプレゼントを、きつく抱きしめた。逡巡している間に、片目のネズミと戦っている二人に向かって、ネズミの軍団が波のように襲いかかった。

「う、ぐぅッ」

カイザーと鉄平は引き剝がされ、ネズミに群がられる。カイザーは片目ネズミに覆いかぶさられ、鉄平の体は小さなネズミに飲まれた。

「……っ」

三春は奥歯を噛んだ。

(サンタクロースの仕事は、子供にプレゼントを届けること……)

そのために今、カイザーも鉄平も自分を行かせようと戦ってくれている。今、子供にプレゼントを無事届けられるのは、自分しかいないのだ。

役目を果たせ。そのためにクネヒトに啖呵を切って、ここまで来たのだ。

(サンタなら……)

三春は決意し、地を蹴った。

片目のネズミに吹っ飛ばされ、カイザーの手から武器のフライパンが転がり落ちた。カイザーが武器を取るより速く、ネズミが牙を剝く。

「くッ!!」

とっさにかざした左腕に、ネズミの歯牙が深々と突き刺さった。カイザーは顔を歪めるが、左腕を咬ませたままネズミと組み合う。

(これで足止めにはなるっスよ……!)

いつまでもつかわからないが、三春が非常階段の扉へ到着する時間は稼げるはずだ。カイザーは身をよじり、ネズミの牙が自分の腕ではなく、剝き出しの喉へ届くのを必死に阻む。

だが消耗していく腕の力に対し、ネズミの力は弱まる気配がない。次に爪牙をふるわれたらそこまでだ、とカイザーが覚悟した瞬間――――。

ネズミを押し返していた腕が、ふっと軽くなった。

片目のネズミが体から離れ、カイザーは驚いて消えた先を見た。

「うぉおおお――――!!」

三春は、その太いネズミの尾を掴むと、力いっぱい引いて屋上の果てへ走っていく。

「あっ！」

カイザーも鉄平も驚きの声を上げ、映像を見ていた志乃もまた息を呑んだ。

群れのボスを追って、屋上にいた小さなネズミたちが三春の後を波のように迫ってくる。

三春は屋上の端へ駆け上がると、暴れる片目のネズミを空中へ放り投げた。

（やった……）

しかし三春が安堵の息を吐く間もなく、片目のネズミは空中で身をひねって勢いをつけると、三春の袖を咬んだ。

「!!」

そのまま、三春の体は屋上から虚空へ投げ出された。足は屋上の縁から離れ、手はもう壁に届かない。刹那の間に三春は、肩にかけていたリュックを放り投げた。

プレゼントの入ったリュックだけが、屋上へ届き、三春の体はネズミとともに落下していった。

「先輩ッ!!」

「三春さん!!」

カイザーと鉄平が駆けつけるが、すでに視界から三春の姿は消えている。

「三春君!」

車内から画面を見ていた志乃もまた、悲鳴を上げた。その声が、落下していく風音に掻き消されながらイヤホンから響く。三春は眉を寄せた。

(結局、こうなるのかよ……)

サンタクロースの役目は、子供にプレゼントを届けること。だからカイザーも鉄平も、三春がその役目を果たせるように身を挺してくれた。

(でも……)

仲間を助けられないサンタに、プレゼントなんか、届けてほしいか?

そう思った瞬間、三春は片目ネズミに向かって走り出していた。カイザーも鉄平も志乃も、リタイアをはねのけた自分を見捨てず、一緒に危険に飛び込んでくれた。だから絶対誰も欠けずに、このプレゼントを届けたかった。サンタなら、それくらいの願い自分で叶えてみせたかった。

なのに――――。

「く……っ」

屋上の赤い障害灯がみるみる遠のいていく。もがいたが、当然何も掴まるものはない。登っていく時に見えた、目のくらむような景色が蘇った。

今度こそ死ぬ、と三春は目を閉じた。

衝撃が、三春の体を貫く。

志乃は車を飛び出し、三春の落ちた場所を探した。すでに地上からネズミは移動しており、甘ったるいような、不愉快な下水の臭いだけが辺りにむっと立ち込めていた。

マンションのそばへ駆けつけると、地面にはぐったりと倒れた巨大なネズミの姿があった。志乃ははっとして息を止める。

そのそばに、黒いサンタ帽子が落ちていた。三春がかぶっていたものだ。

「嘘……」

志乃は膝(ひざ)をついた。

「三春君……」

『煙突の目(チムニー)』が伝えてくる映像が正確なのはわかっていたが、それでも志乃は三春がマンションから落ちたのは、何かの間違いだと思いたかった。だがここに、三春がかぶっていた帽子が落ちている。

その目に涙が張った時、背後で微かな物音がした。

志乃が驚いて振り返ると、そこに立っていたのは、白い衣服の男だった。

フードのついた白いコートに、トナカイの角を模した仮面。

「ルドルフ……？」

志乃が呟(つぶや)くと、ルドルフはわずかに顔を向けた。

「クネヒトから頼まれてね」

その言葉を聞いて、志乃は今にも泣き出しそうに顔を歪めた。

「遅いよぉ……三春君は」

そう嘆いてから、志乃は気づく。ルドルフの手から、金色に光る糸のようなものが、頭上へと伸びていた。弾かれるようにマンションを見上げた。

「三春君!!」

金の糸の先をたどれば、三春の体は壁に〝縫い留め〟られていた。大きな縫い針が、三春の服を貫いて落下を止めていた。

「は……はぁ……」

三春は首根っこを掴まれた子猫のように、手足を垂らしてぶら下がっている。震える息を繰り返しながら、どうやら自分は何とか生きているらしいことを実感し、力なく笑った。

屋上からは、鉄平とカイザーが身を乗り出して三春の無事を確かめる。

「大丈夫、なのか……？」

「っしゃー！　危機一髪ってやつっスね～～!!」

戸惑う鉄平の横で、カイザーが喝采を上げた。

ルドルフが手元の糸を引くと、三春の体はゆっくりと壁から降りてくる。その様子を見て、志乃はほっと息をついた。

三春が地面に到着する前に、縫い針を回収したルドルフは素早く身を翻した。隣の建物へ飛び上がり、志乃が驚いて見上げた時には、その姿は屋根に隠れて見えなくなっていた。

しかし手だけ覗かせると、ひらひらと志乃へ振る。

「あ……」

だが声をかける間もなく、志乃の前からルドルフは消え去った。

金の糸につるされて、三春は地面へ降りてくる。その体がコンクリートの上に横たわると、細い光はふつりと消えていった。

地面に仰向けになった三春は、背中にしっかりと大地の感触を感じて、ようやく長い息を吐き出した。

「焦った～～……」

「アハハハハッ！」

頭上から、カイザーのうるさいほどの笑い声が聞こえてくる。

やけに近いと思えば、カイザーと鉄平も地上へ降りてきていた。屋上の非常口から建物の中に入り、安全に地上へ戻ったようだ。

「アヒャヒャヒャ！」

地面に寝そべる三春を指さして、カイザーは爆笑する。

「いつまで笑ってんの!?」

三春は跳ね起きて、傷だらけなのに身をよじって笑っているカイザーに突っ込む。鉄平もまた三春に声をかけようとし、そこで片目のネズミが動いていることに気づいた。地面を這って、現れた時と同じように、暗闇の中へ消えていく。

「………」

鉄平はその姿を、黙したまま見送った。

「アハハ、アヒャヒャヒャ!!」

「ねぇいつまで笑ってんの!?」

三春とカイザーの騒がしい声が、鉄平の視線を引き戻す。

「やっぱ先輩、チョーすげーっス！」

カイザーは笑いすぎて浮いた涙を拭(ぬぐ)って、地面にいる三春を支える。

「さ、早く立つっスよ」

「はい」

ボロボロの三春へ、志乃がぬいぐるみの入ったリュックを差し出した。

「それは君が渡してこい」

鉄平が、そう声をかける。隣でカイザーが、にかっと歯の欠けた笑顔を見せる。

「先輩の仕事っスから」

笑みを浮かべて頷く志乃の手から、三春はリュックを受け取った。

「……うん」

腕に取り戻したぬいぐるみ一つ分の重みを、三春はしっかりと受け止めた。

最上階にあるその子供部屋では、小さな男の子がベッドの中で眠っていた。

広い部屋には、室内用のすべり台や秘密基地になりそうなテントハウスなど、立派なおもちゃがいくつも置かれていたが、ぬいぐるみは見当たらない。

すでに空は白み始め、カーテンを透かして夜の終わりの薄青い光が、子供部屋をほのかに浮かび上がらせていた。

サンタクロースがやってくるには、もう遅すぎる時間だ。

けれどその眠る子の枕元に、そっとプレゼントが置かれる。

赤い大きな袋を届け終えて、三春はあどけない寝顔に小さな声で囁いた。

「メリークリスマス……」

三春は静かにベッドから離れていく――つもりだった。だが床に置かれていたおもちゃにつまずいて、大きな物音を立ててしまう。

「ん……？　だぁれ？」

眠っていた子は目をこすり、起き上がった。三春は慌てて、テントハウスの後ろに隠れた。

「サンタさん？」

三春がテントの陰から覗くと、小さな子供はプレゼントに気づき、そのリボンを解いていた。袋の中から現れた、大きなくまのぬいぐるみと対面し、その顔が満面の笑顔になる。

「サンタさん、ありがとう！」

ぎゅっとくまを抱きしめる少年の姿を見届けて、傷だらけの黒いサンタクロースは、静かに微笑んだ。

エピローグ

北極の、サンタクロースハウスにある寮の一室。可愛らしい家具が並んだその部屋には、今テーブルいっぱいに食べ物が並んでいる。

「それじゃあ……」

志乃はジュースを注いだグラスを持ち上げた。

「トナカイ試験、全員突破、おめでとう～！」

「イエーイ！　かんぱぇーい!!」

向かいに座ったカイザーと鉄平も、掲げたグラスをぶつけ合う。今日は志乃の部屋で、トナカイ試験の打ち上げだった。飲み物に口をつけると、志乃はさっそくナイフを手に取り、ケーキを切り分ける。

「いただきまーす」

ショートケーキを一口頬張り、顔をとろけさす。

「んー、やっぱり鉄平君が作ったケーキ、最高！」

テーブルに置かれたケーキも料理も全て、鉄平の作だ。カイザーが欲張って右手でケーキを、左手でおにぎりを食べながら、ドアの方を見た。

「しかし、先輩来ないっスねー」

テーブルには三春の分のグラスと皿が用意されていたが、その姿はなかった。先に始めていてと言われていたので、てっきりすぐ来るものだとカイザーも志乃も思っていた。

「話があるそうだよ。クネヒトと」

鉄平が、不思議がるカイザーと志乃へそう伝える。三春のケーキを取り分けておき、三人はこの打ち上げの主役がやってくるのを、今か今かと扉を見ながら待ちわびた。


その書斎の扉を、三春はゆっくりと引き開けた。

「クネヒト」

部屋の主を呼ぶが、中から返事はない。広い書斎には大きなツリーがいくつも飾られ、整然と置かれた調度品が、昼の光の下で飴色に輝いていた。

三春は絨毯(じゅうたん)を踏んで、中へ入っていく。

「いないのかよ……」

部屋を見渡し、そこで壁に目が留まった。

壁の中央には、赤いサンタの肖像画が掛けられている。

「………」

三春はゆっくりと、その絵に近づいていった。

赤い幕に隠されて、その顔は見えない。わずかに口元が覗(のぞ)くだけだ。幼い頃に出会った赤いサンタも、顔ははっきりと思い出せないでいた。

(でも……どこかで……)

忘れていた記憶の中に、まだ一つ、ピースのはまらない場所がある。

三春はそっと、その絵へ手を伸ばした。横に垂れ下がった紐(ひも)を引くと、赤い幕が引き上げられていく。

その顔が、あらわになった。

赤いサンタはひげをたくわえた老人ではなく、精悍(せいかん)な顔立ちの青年だった。

通った鼻筋と、こちらを見つめる、優しい眼差(まなざ)し。

『なくさないようにな』

あの時、幼い自分にそう言ったサンタの顔が、重なった。そして、自分をその膝に乗せて名前の由来を語る時の、優しい表情と。

「親父……」

三春の口から、小さな声がこぼれ落ちた。

そこに描かれていたのは、十九年前にこの世を去ったはずの、三春の父親だった。

誰かと見間違えているはずはない。その面差しは、記憶の中の姿とも、実家の仏壇に飾られていた遺影の笑顔とも、確かに重なり合う。

三春は呆然と、父の顔をした赤いサンタの肖像画を眺めた。

「なんで、こんなところにいるんだよ……」

絶句する三春は、そばへ近づく足音に気づかなかった。

「赤いサンタを継ぐ気になったかな?」

後ろからかけられた声に、三春は振り返る。

そこに立っているのは、黒いサンタである、クネヒトだ。

「……どういうことだよ」

三春は剣呑な表情でクネヒトを見据えた。最も重大な事実が、秘密にされたままだったことに怒りを覚える。

「親父が赤いサンタ？　何なんだよ、一体……！」

クネヒトは胸に手を添えて、答えた。

「すまなかった。赤いサンタについては、たとえ家族だろうと言えない契約になっていてね。……ネズミに狙われてしまう」

三春の中で、以前クネヒトが語った言葉が蘇る。

『赤いサンタは今から十九年前……そのネズミに殺されたんだ』

肖像画を一瞥すると、三春はクネヒトへ詰問する。

「……親父は、あいつらに殺されたのかよ」

クリスマスに事故に遭ったと聞かされていた。だが、真実は今、まったく違う姿で三春の前に現れようとしていた。

「知りたいのかい？」

クネヒトはいつもの、あの人を食ったような尋ね方をする。

「当たり前だろ」

「知りたければ……」

三春以外には見えない〝顔〟で、クネヒトは笑った。

「赤いサンタになるしかない」

その言葉を聞き届け、三春はじっとクネヒトを睨み返した。やがて黒いサンタから、視線を絵の中の赤いサンタへ向ける。

「親父……」

あのクリスマスの夜、コンビニバイトの帰りにクネヒトが現れるずっと前から、自分の運命はこの謎めいたサンタクロースたちの世界に巻き込まれていたようだ。

（ったくよぉ……）

三春はクネヒトへ向き直り、大きく息を吸い込んだ。

「なってやるよ。――――赤いサンタってやつに」

※この作品はフィクションです。実在の人物・団体・事件などにはいっさい関係ありません。

集英社オレンジ文庫をお買い上げいただき、ありがとうございます。
ご意見・ご感想をお待ちしております。

● あて先
〒101-8050　東京都千代田区一ツ橋2-5-10
集英社オレンジ文庫編集部 気付
七緒先生／中村　光先生

映画ノベライズ

ブラックナイトパレード

集英社
オレンジ文庫

2022年12月25日　第1刷発行

著　者　七緒
原　作　中村　光
脚　本　鎌田哲生・福田雄一
編集協力　藤原直人(STICK-OUT)
発行者　今井孝昭
発行所　株式会社集英社
〒101-8050東京都千代田区一ツ橋2-5-10
電話【編集部】03-3230-6352
【読者係】03-3230-6080
【販売部】03-3230-6393（書店専用）
印刷所　図書印刷株式会社

ISBN 978-4-08-680484-4 C0193